행복이
머무는
강화이야기

행복이 머무는 강화이야기

임태순 지음

이담 Books

추천사

도시의 각박한 삶에 지친 많은 분들은 한번쯤 맑은 공기와 물 좋은 시골에서 삶의 여유로움을 만끽할 수 있는 전원생활을 꿈꾸어 보았을 것이다. 어디가 좋을까를 결정하기란 쉽지 않을 것인데 이 책이 이런 분들의 길라잡이가 될 것이다.

저자는 자신이 마음에 품어 온 전원생활을 친환경도시인 강화군에 와서 실현하면서 자연에 흠뻑 취하여 살고 있는 현직 교수이다. 스스로 초보농사꾼임을 자임하면서 생명의 터전인 흙에 대한 의미와 땀의 의미를 체험하고 되새기면서 글로 노래하고 있다.

『행복이 머무는 강화이야기』는 저자가 강화에서 전원생활을 하면서 경험하고 느낀 점 등을 섬세한 시적 감성으로 진솔하게 엮었기 때문에 쉽게 읽히고 큰 감동을 준다.

저자가 내면의 세계에 간직하고 있던 마음의 고향을 강화군에서 찾고 있고, 그 삶의 맛을 행복으로 표현하고 있어서 읽는 동안 나는 행복한 도시에 살고 있으면서도 그 행복을 깨닫지 못했다는 것을 새롭게 배우는 계기가 되었다.

저자는 강화군에 와서 주택 구입에서부터 농사꾼이 되기까지의 정착과정을 서술하고, 우리나라 국토방위의 전진기지 역할을 하고 있는 강화군을 역사적 관점에서 살펴보았으며, 또 답사해 볼 만한 곳도 소개하고 있다.

　　후반부에 가서는 산문(강화이야기)과 시(아내의 노래)를 통해서 강화를 노래했고, 도시인들이 시골에 와서 사는 그 지혜를 Tip으로 제공하는 칼럼을 마련하고 있다.

　　강화군 하면 많은 도시인들이 가 보고 싶어 하고 좋아하는 것이 사실이다. 그러나 이렇게 강화에서 살겠다고 결정하고 이사와서 정착하는 것은 쉽지 않은 것이다.

　　시골행 결정을 못하고 망설이는 분들에게 그 지역 사람이 그 지역 자랑하면 자기 고장이니까 자랑한다고 생각할 텐데 외지 사람이 강화군 와서 살면서 느낀 진솔하고 아름다운 경험담을 책에 담아 강화자랑을 하고 있으니 도시인들이 강화군을 이해하는 데 믿음을 줄 것이다.

　　오천 년의 역사, 강화에 흐르는 독특한 호국정신, 산과 들과

바다로 엮어진 아름다운 경관, 서해의 낙조, 눈을 감고 있을 때도 스쳐가는 맑은 공기의 향기, 밤하늘에서 쏟아지는 수많은 별들, 이 모든 것들이 저자에게는 행복의 의미와 가치를 느끼게 해 준다고 한다.

역사도시이며 녹색도시이고, 행복한 미래도시이며 휴양도시인 강화군이 우리와 우리의 후세들에게 행복한 삶을 채워 줄 수 있는 친환경도시로 남아서 기쁨과 행복이 지속적으로 창출되는 행복도시가 되기를 기원하면서, '행복 만들기' 프로젝트처럼 구성된 이 책을 통하여 여러분들도 강화에서 행복을 찾아 낼 수 있을 것이라는 생각에서 이 책을 추천해 드린다.

前 강화군수 안덕수

雖有榮觀 燕處超然 도덕경

서시: 여름 밤, 강화에서의 황홀한 독백

주위엔 어둠이 내려 간간이 들리는 풀벌레소리만이 적막감을 따라 흐르는 강화의 밤……

눈을 들어 하늘을 쳐다보니 내 머리 위로 별들이 한꺼번에 쏟아져 내린다. 도시의 밤을 밝히는 불빛에 익숙한 우리가 상상조차 하기 힘든 자연의 아름다움에 홀려 나도 모르게 탄성을 자아낸다. 감동으로 물든 나의 마음은 풀내음을 타고 들려오는 청아한 개구리들의 울음소리로 이내 무아지경으로 빠져든다.

위대한 신이시여!
당신이 공들여 빚어낸 자연의 위대한 작품과 서사시로
나는 이미 당신의 완전한 포로가 되었습니다.

어둠에 빛을 낸 별빛은 몸에 두른 얇은 천 사이로 드러낸 여체(女體)의 곡선처럼, 마을을 병풍처럼 휘감은 능선의 아름다움을 살포시 드러내 보인다. 시선이 멈춘 정면에는 세 개의 산이 삼중으로 겹쳐져* 그윽함을 자아내는데, 가장 높은 산봉우리에서

---

* 집에서 정면으로 보이는 별립산(別立山)의 아름다움을 묘사했는데, 별립산은 강화에서 마니산 다음으로 많은 기가 흐르는 산으로 마을 주민들 사이에 회자되고 있다.

발하는 별빛은 깊어만 가는 마을의 밤을 굽어 지키는 것 같다. 빛은 마을길을 따라 구불구불 휘어져 심터(心터)가 있는 나의 보금자리인 태성원(泰晟園)**까지 다다른다. 문득 꿈이 많던 어린 시절에 읽었던 우리나라 근대문학의 배경장면이 나의 기억 속에서 살아나 꿈틀거린다.

> "한여름날, 더위를 피해 인적이 드문 마을의 한적함을 달래기라도 하듯 매미의 울음소리가 동네로 퍼져나갈 때, 마을 어귀로부터 하얀 모시옷에 중절모를 쓴 어르신께서 구불구불한 황토 길을 따라 자전거를 타고 마을로 접어드는 장면이⋯⋯."

이 순간, 백년에 가까운 두 장면이 시공(時空)을 뛰어넘어 나에게 동시에 중첩되는 것은 너무나도 당연한 일인지도 모른다. 장구한 시간을 머금고 있는 마을의 길은 세월의 갖은 풍상을 이겨내며 숱한 사연들을 실어 나르고, 또 실어 날랐으리라.

** 태성원은 우리 집의 당호(堂號)이다. 나의 이름과 아들의 이름의 가운데 자를 하나씩 합쳐서 태성원(泰晟園)이라 지었다.

나지막한 언덕이 구불구불하게 이어진 교산리 마을 입구를 따라 오르다 보면, 이내 진한 아카시아 꽃내음에 파묻히게 된다. 하루 일과를 마치고 마을로 들어서는 사람들의 지친 어깨를 주무르고 몸에 밴 땀 냄새를 꽃향기로 씻어내는 것 같다. 언덕에 오른 후 이내 내리막길을 따라 마을로 향하게 되는데, 길을 뒤덮은 아카시아 꽃들은 마을저수지에 비친 자신의 흰 자태를 뽐내며 달콤한 향기를 발하고 있다.

　세월이 흐른다 해도 지워지지 않고 우리 마음속에 남아 있는 고향의 모습을 간직한 강화군 교산리의 모습은 아름다움이란 단어가 주는 느낌을 넘어 마을길에 새겨 놓은 장구한 세월만큼이나 우리에게 삶의 교훈을 일깨워 주고 있는 듯싶다. 이 순간 할 수만 있다면 이곳의 정취와 감흥을 송두리째 떠내어 그대들의 마음속에 고스란히 담아드리고 싶다.

임태순

차례

01
강화에 살다

나의 꿈! 전원생활

언제부턴가 경제신문을 읽다 보면 양평, 가평, 여주, 강화, 그리고 포천 지역에 지어진 전원주택에 대한 상업성 광고가 나오는 것을 심심치 않게 볼 수 있다. 때론 광고뿐만 아니고 전원주택을 구입하는 데 도움이 되는 기사도 자주 눈에 띈다. 남성전용잡지인 『Den』은 50대 남성들의 호기심을 자극하는 설문조사 결과를 발표한 적이 있다. 설문의 질문은 50대에 해 보고 싶은 것을 원하는 순서대로 순위를 매기는 내용이었는데, 여러분은 무엇이 1위를 차지했다고 생각되는가?[1]

성공한 50대들이 하고 싶은 1위에 오는 것은 바로 전원주택과 같은 세컨드 하우스를 장만하는 것이었다. 그동안 앞만 보면서 열심히 살아온 50대의 중년들이 이제는 달리는 삶의 속도를 고속에서 저속으로 변경하는 '다운 시프트(Down Shift)'적인 삶

---

[1] 임태순, 『핵심재테크』, 한국학술정보(주), 2010 참조.

을 꿈꾸고 있기 때문이라고 생각된다.

앞에는 맑은 물이 흐르고, 뒷산에는 산안개가 피어올라 한 폭의 동양화 같은 배경에 잘 정돈된 파란 잔디의 정원에는 운치를 더하는 야외용 식탁과 의자가 놓여 있고, 흰색의 펜스로 둘러싸인 유럽풍의 전원주택을 50대라면 누구나 마음에 그리고 있을 것 같다. 주중에는 5일 동안 도시에서 열심히 일하고, 주말 2일간은 자연이 숨 쉬는 전원에서 휴식과 재창조를 위한 시간을 보낸다는 5도2촌(5都2村)이란 용어도 이제는 우리에게 익숙하게 다가와 있다.

나는 40대 후반에 들어서면서부터 자연에 대한 동경이 늘어갔다. 예전과 달리 푸르름이 퍼진 자연의 모습과 녹음이 울창해지는 모습이 마음의 눈 속으로 들어오기 시작했다. 짬을 낼 수 있는 주말이 되면 야외로 나가 파란 하늘을 보며 맑은 공기로 나의 폐부를 씻어낼 수 있는 기회를 가지려 했다. 그때마다 '참 좋다. 이런 자연에 좀 더 머물고 싶다'란 느낌을 갖곤 하였다. 아마도 나의 체질이 태음인[2]이고 보니 환절기 때마다 호흡기문제로 마음고생을 해서인지 맑은 공기에 대한 바람이 남들보다 좀 더 많았는지 모른다. 하지만 어디 세상의 일이란 것이 내가 원하는 대로 다 할 수는 없지 않은가? 자연을 갈망하는 나의 바람은 항상 희망사항에 머물러 있었고, 일단 일상으로 돌아오게

---

2) 설영상, 『사상체질 바르게 압시다』, 태웅출판사, 2002 참조.
   태음인의 체질인 간대폐소(肝大肺小)라서인지 환절기에 호흡기의 문제로 불편을 겪는 경우가 종종 있다.

되면 언제 내가 그런 마음을 했었나? 라고 할 정도로 현실 속에 갇힌 나를 발견하곤 하였다.

지천명(地天命)을 넘기면서 일상의 삶은 오히려 더 분주해지고, 해야 할 역할은 늘어만 갔다. 하지만 여름이 막바지에 다다른 어느 날, 아주 우연한 기회에 이 집(훗날 '태성원'이라고 당호를 붙임)과 인연을 맺게 되었다. 그날은 가족행사가 있던 주말이었다. 가족행사가 마무리되고 참석했던 형님 댁, 누님 댁과 헤어질 무렵에 아내는 나에게 강화를 같이 가자고 졸랐다. 내용인 즉, 부동산중개업소와 통화할 기회가 있었는데, 소위 말하는 '좋은 물건'이 있으니 와서 보라는 것이었다. 그런 유의 전화를 이미 많이 받아 본 경험이 있는지라 '굳이 그곳까지 갈 필요가 있는가?' 하고 아내의 말에 두 번이나 부정적인 의사를 표시 하였다. 그런데 평소와 달리 그날따라 아내의 요구가 너무 간곡해서 아내와 둘이 데이트라도 하는 셈치고 동행을 하기로 하였다.

참으로 인연이란 묘한 것 같다. 별다른 기대 없이 시작된 그날의 데이트를 겸한 답사가 오랫동안 마음에 담아오던 전원생활의 서막이 될 줄이야 누가 알았겠는가? 강화의 ○○부동산에 도착하니 전화를 주신 분은 전원주택을 지을 수 있는 토지를 두 곳 소개하였고, 마지막으로 이 집을 소개해 주었다. 오래전부터 나는 전원주택을 짓는다는 것은 많은 재원이 필요할 뿐만 아니라 시간도 많이 요구되기 때문에 나의 여건과는 현실적으로 불가능하다고 생각해 왔다. 따라서 적은 예산 범위 내에서 부지용으로 필요한 100평 미만의 땅만 구입하고, 그 땅 위에 컨테이너

박스를 개조하여 만든 5평 정도 크기의 이동식 주택을 옮겨 놓으면 정말 좋을 것 같다는 생각을 자주 해보곤 했다. 이런 방법을 궁리해 낸 것은 이 방법이야말로 높은 이상에 따르지 못하는 나의 주머니 사정을 감안하여, 적은 재원으로 전원생활의 꿈을 실현할 수 있는 유일한 방법이었기 때문이다.

이미 머릿속에 그려 놓았던 계획 때문이었을까? 부지 두 곳을 본 후 마지막으로 이집을 보기 위해 이동하는 차 안에서 나의 마음은 이미 시큰둥해 있었다. 그런데 이 집 문 앞에 도착하면서부터 상황은 아주 다르게 전개되었다. 마치 시험 전날 모범답안을 작성해 외웠던 학생이 시험지를 보자 외웠던 답안을 몽땅 까먹어 버리듯이, 원래 구입해야 할 것은 토지였는데, 잔디가 잘 정돈된 이 집을 보는 순간 눈에 콩깍지가 씌었는지 내가 진짜로 구입해야 할 것을 완전히 잊어버리고 사고를 치고 만 것이다. 마트에 가기 전에 쇼핑목록을 작성해 가지고 막상 마트에 가서는 목록에도 없는 다른 품목을 사 본 경험을 한번쯤 해 봤을 것이다. 바로 그날 나의 행동이 그러했다.

이 집과의 인연에서 빼놓을 수 없는 것이 바로 전(前) 주인과의 소중한 인연이다. 이 농가주택을 구입할 때 전 주인 내외와 우리 부부는 파라솔 밑에 앉아서 함께 맥주를 나누었다. 말이 좋아서 맥주를 나눈 것이지 사실 난 새 주인이 될 후보자로서의 소질테스트를 전 주인으로부터 받고 있었다. 면접관인 전 주인 앞에 예비 신입사원의 마음으로 면접에 응하게 되었다. 그동안 정성껏 가꾼 농가주택이 앞으로도 잘 관리되기를 바라는 전 주인의 마음이 묻어난 행동이었다. 얼마가 지났을까? 면접관의 면접을 통과한 후 드디어 바라던 계약이 성사되었다. 계약이 마무리되자 전 주인은 집을 유지하고 관리하는 데 도움이 될 만한 내용을 정리하여 계약서와 함께 넘겨주었다. 시간이 제법 흘렀지만 지금도 그때의 생각이 아련히 떠오른다. 추억이 있기에 행복하다고 하였던가? 지금도 전 주인을 만나 술잔을 기울일 기회가 있을 때마다 그때의 이야기를 하면서 함께 웃곤 한다. '이래 뵈도 나는 집을 구입하기 전에 치르는 면접시험에 당당히 합격을 했노라고…….'

전원주택의 쓰임과 의미는 사용하는 사람에 따라 다양할 수 있다. 도시와 달리 산과 바람과 물, 그리고 흙과 사람이 어울려 건강을 찾는 휴식과 재창조의 공간으로 쓰인다. 산, 바람 그리고 물과 흙… 이런 모든 것들을 시골은 갖고 있기 때문이다. 이런 자연환경이 있기 때문에 도시 사람들에게는 자연스레 전원생활의 향수를 느끼게 해준다. 이런 이유로 나만이 유별나게 전원주택을 좋아하는 것이 아닐 테고, 도시인들이라면 누구나 전원주택에 대한 꿈을 꾸고 있을 것이다.

시골에서의 전원생활은 가족들과 함께 농사체험을 할 수 있게 해주는 공간이기도 하다. 가족들이 함께 농사를 지으며, 정을 나눌 수 있는 공간이기도 하다. 하루가 다르게 자라는 농작물을 보면서 자연을 경외하고 감사함을 배우는 공간이 될 수도 있다. 물론 아름다움은 추억을 만들어 내고, 간직하며 웰빙적인 여유를 찾을 수 있는 공간이기도 하다.

나에게 있어 전원주택은 좀 더 큰 의미로 다가온다. 바로 행복 그 자체이다. 자라는 아이들에게는 땀의 정직한 가치를 일깨워 주는 선생님이다. 땀이 주는 숭고한 의미를 스스로 곱씹을 수 있게 해 주는 공간이다. 항상 어머니 같은 마음으로 생명체에게 생명의 온기를 불어 넣는 흙의 의미를 찾아 주는 공간이기도 하다. 밤하늘로부터 쏟아져 내리는 별을 보면서 감사함을 느끼는 공간이기도 하다. 그리고 나의 마음을 닦는 심(心)터이자, 뿌리에 대한 그리움으로 언제든 달려가더라도 문을 활짝 열어 놓고 반겨주시는 어머니의 마음이다.

송순3)

십년을 살면서
초가삼간 지어냈으니
나 한 간, 달 한 간,
맑은 바람 한 간을 맡겨두고
강산을 들일 곳 없으니
이대로 둘러두고 보리라

---

3) 송순(宋純, 1493~1583)은 조선 중기의 문신이다. 전남 담양으로 낙향하여 면앙정이란 정자를 짓고 노래한 위의 시조를 통하여 옛 선비들의 자연주의적 정원관을 살필 수 있고 넉넉함을 느낄 수 있다. 읊을수록 자연과 하나 된 맛을 느낄 수 있어서 매우 좋다.

02

역사와 문화가
살아 있는 강화

강화안내

❀ 역 사

강화는 선사시대로부터 근대에 이르는 한반도의 역사를 가장 소중하게 간직하고 있는 곳이다.[4] 선사시대의 유물・유적으로 하점면 장정리와 화도면 사기리・동막리 등지에서 구석기유물이 수습되었으며, 신석기 유물도 도(島) 내의 여러 곳에서 수습되었다. 또한 청동기시대의 대표적인 거석(巨石)유적인 지석묘[고인돌]가 하점면 부근리를 비롯한 도처에서 발견되어, 일찍부터 사람이 살았음을 보여준다.

강화는 단군이 하늘에 제사를 올렸다는 마니산 참성단 유적으로 성지로서의 위치를 점하고 있었음을 보여주고 있다.

강화가 역사의 주요 무대로 기록되는 시기는 고려 후기이다. 몽골군과의 항쟁을 위해 개성에서 이곳으로 수도를 옮겨 북방

---

4) 강화군 홈페이지 참조.

유목민족의 침입에 따른 최적의 피난처로 강화가 등장하게 된다. 고려시대 강화는 장장 37년간 수도였던 개성을 대신해서 수도의 역할을 하게 된다.

조선시대에도 정묘호란과 병자호란 등 두 차례에 걸친 만주족의 침입에 맞서 강화는 수도(한성) 방위의 전초기지라는 역할을 수행하였다. 현재까지 남겨진 많은 군사시설(성곽·진·보·돈대·포대·봉수 등)이 그때의 역사를 기억하게 한다. 조선 말기에도 병인양요(1866년), 신묘양요(1871년)를 통하여 강화가 수도 방위의 전초기지로서 얼마나 중요한 역할을 지녔음을 여실히 나타내 주고 있다 하겠다. 쇄국정책을 표방한 흥선대원군의 천주교 탄압으로 빚어진 프랑스함대의 침략사건인 병인양요(1866년), 미국의 통상요구가 발단이 되었던 신미양요(1871년), 그리고 운양호사건(1875년) 등 수도였던 한양을 보호하는 전진기지였다.

❀ 행   정

강화군의 행정은 역사와 괘를 같이해 상고시대로 거슬러 올라간다. 상고시대에는 갑비고차로 불렸다. 고구려시대 장수왕시절에는 혈구군(475년)으로 불렸고, 신라시대를 거쳐 고려 고종 때에 들어 강화군(1232년)으로 불렸다. 조선시대에는 강화군이 여러 행정단위로 바뀌다가 다시 고종 때 강화군(1895년)으로 불렸다. 20세기 들어서 1906년 정부편제에서 강화군으로 불렸고, 1995년에 경기도에서 인천광역시로 통합되었다.[5]

1995년 경기도에서 인천광역시로 통합되었으며, 현재 1읍 12면 1출장소의 행정구역을 가지고 있다. 현재 강화는 역사문화도시와 녹색휴양도시를 표방하고 있다. '행복한 미래도시 강화'란 슬로건 아래 환서해안 벨트의 중심도시와 휴양도시를 꿈꾸면서 활기찬 강화를 모색하는 도시이다.[6]

❀ 인구와 면적

강화군의 인구는 2011년 1월 1일을 기준으로 6만 7천 명을 넘어서고 있다. 인구는 조금씩 증가하고 있는 추세에 있으며, 총 가구 수는 3만 가구를 바라보고 있다. 강화군의 면적은 인천광역시의 41%에 해당하는 411. 235km²다. 남북길이가 27km, 동서길이가 16km, 해안선길이가 99km이다. 이 중에서 농경지가 40%, 임야가 44%, 그리고 대지가 3%를 차지하고 있다.[7]

❀ 특산물과 특산품

강화의 특산물로는 순무, 인삼, 사자발 약쑥, 노랑고구마, 강화 섬 쌀, 갯벌장어 등이 있다. 특산품으로는 왕골공예품, 화문석, 꽃삼합, 화방석, 그리고 화문석을 이용한 여러 가지 액세서리도 유명하다. 혹시라도 관심이 있으시면 강화군청 홈페이지를 방문해 참고하시면 도움이 될 것 같다.

---

5) 강화군 홈페이지 참조.
6) 강화군수 홈페이지 참조.
7) 강화군 홈페이지 참조.

강화 지도[8]

---

8) 강화도 지도 http://blog.naver.com/lurefc?Redirect=Log&logNo=120013310702

섬에서 육지로

언어적인 감각이 발달하신 분이라면 강화에 대하여 언급된 부분에서 약간의 변화가 있어 왔음을 눈치 채신 분들도 있을 것이라고 생각된다. 나이가 지긋하신 분들과 대화를 하다 보면 '강화도'라고 지칭하는 데 반하여 젊은 층에서는 '강화도' 대신에 '강화'라고 많이 지칭한다. 그동안 강화의 역사를 살펴볼 수 있는 대목이다.

강화는 '강화도'로 불렸다. 강화가 섬이었다는 의미를 그 뜻에 포함하고 있다. 오래전에는 강화도에서 인천을 가는 방법은 배를 타고 인천에 도착하는 방법밖에는 없었다. 강화도에 처음 다리가 놓인 때가 1969년이다. 그러고 보니 40여 년 전의 일이다.

내가 보는 시각에서 강화도분들에 대한 모습은 교육열이 높은 모습으로 다가온다. 우리나라를 살아가는 부모들의 교육열이야 말하지 않더라도 세계가 알아주는 정도이다. 하지만 내가 보는 관점에서 강화에 사시는 분들의 교육열은 특히 더 높은 것 같다. 아마도 대대로 섬에서 살아왔던 부모들이 뭍에 나가 더 많이 배워 자신들보다 잘되기를 바라는 부모의 마음이 담긴 사랑에서 연유되었으리라. 고향인 인천에서 고등학교를 졸업한 나는 학창시절을 기억해 보면 이런 사실을 재확인할 수 있다. 그 당시 내가 다니던 고등학교의 같은 학년에는 고향이 강화인 친구들이 5명 정도 있었던 것으로 기억된다. 말하자면 강화에서 인천으로 유학을 온 친구들이다. 유학을 온 친구들은 연고가 있으면 연고가 있는 곳으로, 그렇지 못하면 인천에서 강화의 뱃길이 닿은 곳 가까이에 주로 거처를 정해서 다녔다.

이제 강화도란 호칭은 역사 속으로 사라지고 있는 듯하다. 많은 분들이 그냥 '강화'라 부른다. 오래전부터 '강화도'라는 표현이 입에 올랐던 어르신네 세대에서는 아직도 강화도라고 많이 불리는 편이다. 하지만 강화에 다리가 놓이게 된 후 뭍인 김포와 연결되면서 호칭에서 섬을 나타내는 '도(島)' 자를 빼게 된 것이다. 따라서 이제는 강화도보다는 강화라고 더 많이 불린다.

현재 강화는 2개의 다리로 육지인 김포와 연결되어 있다. 엄밀하게 말하면 3개의 다리로 연결되어 있는데 1969년 첫 번째 세워진 강화대교는9) 안전상의 이유와 늘어난 교통량을 소화할 수가 없어서 1997년 이후로 지금까지 사용을 안 하고 있다. 이 다리는 '구 강화대교'라고 불러 훗날 다시 세워진 강화대교와 구별이 된다. 서울서 강화로 가는 길에 강화대교를 타고 지나다 보면

---

9) 이 다리는 1965년에 착공하여 1969년 말에 완공되었는데, 그 당시 육지와 섬을 잇는 다리로서는 경남 충무교, 전남 완도교에 이어 3번째였다.

구 강화대교가 왼편에 아직도 남아있는 것을 볼 수가 있다.

지금은 구 강화대교를 대체할 강화대교가 새로 건설되어 사용되고 있다. 인천시 강화군 갑곶리와 경기도 김포시 월곶면 포내리를 잇는 강화대교는 4년 동안의 공사기간 끝에 마침내 1997년 완공되었다. 강화대교의 완공으로 구 강화대교는 그 역할을 마무리하게 되었다.

교통량이 늘어나고, 강화의 서남부 지역으로 오는 관광객의 왕래가 늘어남에 따라 인천시는 강화에 새로운 다리를 계획하고 건설하게 된다. 이렇게 탄생한 것이 바로 초지대교이다. 초지대교는 강화군 길상면 초지리와 김포시 대곶면 약암리를 잇는 왕복 4차선 다리이다. 1999년에 공사가 시작되어 3년 만인 2002년 완공돼 개통하였다. 강화군은 초지대교가 개통됨에 따라 여름철이면 강화군 화도면으로 몰리는 여름휴가 인파를 어느 정도 소화할 여력을 가지게 된 셈이다.

앞으로 인천시는 인천국제공항이 있는 영종도에서 강화로 연결되는 새로운 다리를 건설할 계획 중에 있다. 남북통일 이후를 내다본 계획이라고 생각된다. 이외에도 강화도에는 조력발전소도 계획 중에 있다. 아직은 확정된 것이 아니지만 현재 개발 논의가 활발하다. 조력발전소 계획 중에는 새로운 교량의 건설도 포함되어 있다. 만약 이러한 계획이 실현된다면 강화에는 앞으로 여러 개의 다리가 더 생길 것이다.

이제 강화는 더 이상 섬이 아니다. 비록 '강화도'란 역사적인 이름이 아직까지도 회자될 때도 있지만 섬에서 육지로 변한 지도 벌써 40년이 넘었다. 육지인 강화가 앞으로도 우리나라의 발전에 기여하고, 우리와 자라나는 후세들의 삶을 행복으로 채워주는 친환경 도시로 남아 있기를 바랄 뿐이다.

역사조명

강화는 우리나라의 역사와 괘를 함께 해 왔다고 해도 과언이 아니란 생각이 든다. 하점면에 있는 고인돌 하나만 거론하더라도 강화도의 역사는 오랜 역사로 거슬러 올라가 선사시대부터 우리의 조상들이 이곳에 들어와 생활을 하였던 것으로 추정되고 있다. 그 후 삼국시대를 넘어 한반도가 통일된 고려시대나 조선시대에도 강화는 우리나라를 수호하는 전진기지로서의 역할을 묵묵히 수행해 왔던 지역이었다. 학창시절 역사시간에 배웠던 내용을 기억해 보면 새삼 강조할 필요가 없을 것이다.

고려시대, 고종(高宗)은 몽골의 침략에 맞서 1232년 수도를 강화도로 옮기고 39년간 항전을 하게 된다. 강화도에 궁을 세우고 궁을 중심으로 내성, 중성, 외성을 튼튼하게 쌓아서 외침에 대비하였으며, 강화읍 북산을 개성의 송악산과 같은 이름의 송악산이라고 고쳐 부르고 제2의 방어선인 오련산을 나라이름 그대로 고려산으로 바꿔 불렀다고 한다.10)

여기서 재미있는 사실은 바로 고려(高麗)산이란 명칭이다. 강화소식지인 『강화』에 언급되었던 바와 같이 우리나라 역사를 형성했던 고구려, 신라, 백제, 고려, 그리고 조선의 국호이름에 산의 명칭을 그대로 붙인 것은 고려산이 유일한 것 같다고 하였다.[11] '그렇다면 왜 국호에 산의 명칭을 그대로 가져다 사용했을까?' 하는 궁금한 생각이 든다. 호기심이 발동하여 고려산의 유래에 관해서 가까이에서 접할 수 있는 관련된 여러 기록을 살펴보았으나, 명쾌하게 정리된 기록을 발견할 수 없었고, 나 자신이 역사학에 조예가 깊은 역사학자도 아니기에 다분히 주관적인 나의 추측이 오류의 파장을 불러일으킬까 봐 걱정이 된다.

나의 부족한 기초지식과 식견을 전제로 생각해 보면, 아마도 그 해답은 바로 고려산이 가지는 중요성에 있지 않을까 싶다. 농경사회를 기반으로 정착하여 평화롭게 생활을 하던 고려인들에게 말을 앞세워 달려오는 몽고족의 침입은 당혹스러움이란 표현 그대로였을 것이다. 굳이 나의 방식대로 비유를 해 보자면 우마차가 이동을 담당하던 시기에 그보다 몇 배나 빠른 자동차의 출현이라고나 할까? 아니면 석기나 청동기시대에 그보다 몇 배 더 단단한 재질인 철기문화의 출현이라고나 할까? 국가의 운명이 어려운 시기에 직면한 고려가 도읍을 강화로 옮긴 후 국가가 처한 나라의 운명과 애환을 강화의 고려산에 의지하여 담아내려 했던 것은 아니었을까?

---

10) 『강화』(강화소식지 Vol.53호), '향토역사특집'. 인천시 강화군 참조.
11) 『강화』(강화소식지 Vol.53호), '향토역사특집'. 인천시 강화군 참조.

나는 이 시점에서 우리나라의 역사에 있어서 강화의 중요성에 대해 한번 그 의미를 다시 짚어 볼 필요가 있다고 생각이 된다. 고려시대에 고려산이란 이름이 붙을 정도로 외적의 침입으로부터 우리 민족을 지키는 중요한 역할을 담당했던 강화는 조선시대에 이르러서도 그 역할을 톡톡히 해냈었다. 길상면 초지리에 있는 초지진이나 강화읍 갑곶리에 있는 갑곶돈대에 가 보면 조선시대에 강화가 했던 역사적 역할을 한눈에 살필 수 있다. 이곳을 방문할 때에는 '강화역사관'에 들러 이시대의 강화 역사에 대해 살필 수 있는 기회를 가지면 더욱 좋지 않을까?

조선시대에는 문호를 개방하라고 서해를 통해 한양으로 향하던 미국과 프랑스의 함대에 맞서 우리나라를 굳건히 지키던 강화는 병인양요와 신미양요를 자신의 몸으로 받아 내던 곳이다. 1871년 신미양요 당시 미군은 초지진을 넘고 덕진진을 거쳐서 광성보에 상륙하였는데, 이때 우리나라의 어재연 장군은 병사 1,000명과 함께 맞서 싸우게 된다.

세월에 따라 병기도 함께 발전하여 오지 않았던가? 우리나라의 병기 역사에 있어서 '활'은 오랫동안 병졸들의 중요한 개인 화기였다. 삼국시대를 지나 조선시대에도 그러했다. 임진왜란 때에도 왜군의 조총에 맞서 조선의 수군들은 활로 대항했다. 고구려의 주몽이나, 고려의 태조 왕건, 조선을 세운 태조 이성계 등 주요 왕조의 시조가 모두 명궁이란 공통점을 갖고 있었기 때문에 '혹시 활에 대한 애착이 너무 지나쳐 신식무기의 개발이 늦어진 건 아닐까?' 하는 잠시 쓸데없는 잡념이 생기며 이와 같이 활을 사랑하던 민족의 DNA가 핏속에 남아있어 오늘날 우리나라의 양궁이 세계를 제패할 수 있다는 생각에 새삼 감사하게 된다. 하지만 강화 역사에서 신묘양요 당시 조선의 활과 창은 신식무기로 무장한 미군의 적수가 될 수가 없었다.

이날 하루 조선군 243명이 죽었다고 하니 아군인 조선인의 피해가 엄청 났음을 미루어 추측할 수 있다. 이와 같이 고려시대는 물론이고 조선시대를 거쳐 국가방위란 관점에서 역사의 중심에 있던 강화의 역할은 이것으로 끝난 것이 아니고 현재까지 이어지고 있다.

강화를 여행하다 보면 간간이 군부대나 군인초소를 볼 수 있다. 만약 여행하는 방향이 초지대교를 넘어서 화도면 주변이나 동막 근처 펜션이 많은 강화도 남단 방향이 아니고, 민통선이 통과하는 강화도 북단지역이라면 더 자주 군인초소를 목격하게 될 것이다. 때론 군사지역이기에 군인들의 검문에 협조를 해야만 이동이 허용되는 지역도 있다. 이와 같이 강화는 북한과 대치하고 있는 현재의 시점에서도 우리나라 서부 전선의 중요한 요충지로 대북경계의 역할을 수행하고 있기 때문이다.

강화의 북단지역은 임진강을 경계로 하여 북한과 접해 있다. 양사면에 위치한 통일전망대에 올라서 보면 강화가 북한과의 접경지역임을 피부로 느낄 수 있다. 이곳에서는 굳이 망원경을 사용하지 않고 육안으로 보아도 손에 잡힐 듯이 다가오지만 갈 수는 없는 북한의 땅이 한눈에 들어온다. 비록 사람의 움직임까지 식별하기는 어렵지만, 가옥의 형태 정도는 너무나도 또렷이

볼 수 있다. 이곳 주민들의 말에 의하면, 휴전 초기에는 6·25전쟁으로 혈육을 갈라 놓은 휴전선을 사이에 두고 남쪽으로 피란을 나온 가족들이 북쪽에 남아 있는 가족들을 만나기 위해 당국의 감시가 허술한 야심한 밤 시간을 이용하여 배를 타고 왕래하였다는 소문이 회자되기도 하였단다. 이와 같이 천년이 넘는 세월 동안 강화는 우리나라의 국토방위를 수호하는 중요한 전략적 요충지로서의 역할을 변함없이 수행해 왔고 지금도 수행하고 있는 것이다.

교 통

❀ 자가용 이용

서울서 강화로 이동하기 위해서는 김포를 거쳐야 하는데, 얼마 전까지만 해도 김포를 통과하기 위해서는 번잡한 국도를 이용하기보다는 상대적으로 교통량이 적은 제방도로를 이용하곤 하였다. 제방도로는 남한강과 북한강물이 합류하여 서울의 강남과 강북을 가르며 서해로 흘러드는데, 한강물이 지대가 낮은 김포 쪽으로 넘치는 것을 방지할 목적으로 만든 제방 위에 완성된 도로이다. 제방도로는 완공된 지가 오래되었고, 그동안 교통량이 많이 늘어서 이용하는 데 애로사항이 있었다. 이 도로는 왕복 2차선도로로 완공되었기에, 추월을 한다는 것이 불가능했고, 여러 공사를 하기 위하여 이곳을 드나드는 덤프트럭의 왕래가 잦은 곳이다. 그럼에도 불구하고 중앙분리대가 설치되어 있지 않아서 불안한 마음에 운전을 했던 적도 많았다.

김포에 새로 계획된 한강신도시가 건설되면서 새로운 인구의 유입이 예상되어 제방도로를 대체할 새로운 도로의 필요성이 대두되었다. 이러한 필요성에 따라 김포한강로(서울 개화동에서 김포 운양동까지)가 2011년 7월 완공되어 서울서 강화까지 왕래하는 시간도 단축되었고, 운전하기도 여간 수월해졌다. 서울에서 올림픽도로를 따라 운전을 하다가 잘 닦인 김포 한강로를 이용하면 강화로 쉽게 접근할 수 있다. 서울의 남부지역인 영등포에서 출발할 경우 올림픽대로를 통과하는 데 소요되는 시간이 10분 정도, 한강로를 통과하는 데 10분, 그리고 김포를 거쳐 강화까지 도달하는 데 25분 정도가 소요되어 50분 정도면 여유 있게 강화터미널까지 접근이 가능하다.

서울이나 수도권에서 출퇴근하는 직장인들의 경우, 소위 말하는 'BMW'(버스-지하철-도보)를 이용하여 직장까지 이동하는 데 소요되는 시간이 1시간 정도면 그리 멀지 않다고 느끼고 있다. 사실, 나도 BMW족인데 아침에 출근하는 데 1시간이 소요된다. 이러한 점을 감안한다면 서울의 남부지역에서 강화터미널까지 도착하는 데 채 1시간이 되지 않으니, 서울에서 강화까지의 거리는 그리 먼 거리가 아니라 해도 과언이 아니다. 앞으로는 48번 국토를 대체할 수 있는 직선도로가 계획되어 있고, 교동도까지 연결된다고 하니 강화까지 가는 데 소요되는 시간은 더 줄어들 것이다.

김포한강로의 개통으로 운전하는 시간도 단축이 되고, 왕복 6차선 도로로 확장되어 쾌적한 운전을 할 수 있다. 운전자들은 주변의 아름다운 경관도 감상하면서 운전할 수 있는 호사를 누리게 되었다. 김포한강로를 달리다 보면 유유자적하며 굽이쳐 흐르는 한강의 하류모습을 볼 수도 있고, 멀리 강 건너편에 펼쳐진 일산신도시의 아름다운 모습을 감상할 수도 있다. 차창 너머로 보이는 일산신도시의 모습은 당연히 낮보다는 야경이 일품이다.

김포시청에 따르면 앞으로 김포도시철도가 계획되어 있고, 이 철도는 서울 지하철 9호선과 연결할 계획을 가지고 있다고 하니 서울서 김포까지 철도를 이용하는 시대도 머지않은 장래에 도래하리라 기대가 된다. 물론 김포까지 철도로 접근이 가능해진다면, 강화로 접근할 수 있는 방법은 더 용이해지고 다양해지리라 생각된다.

김포도시철도 기본계획 변경안

구 분	당초(09.7 기본계획; 승인)	변경(김포공항 환승)
구조물 형식	고가+지하	전구간 지하화
노선연장	25km/10개소	23.56km/9개소 (한강신도시 내 4개 역사)
사업비	1조1863억원	약 1조7000억원
사업기간	2007~2013년	2010~2017년

자료: 김포시청

김포한강로와 도시철도 계획[12]

---

12) 매일경제신문. 2011년 8월 22일자 기사내용.

❊ 대중교통 이용

　대중교통을 이용하여 강화로 접근하는 방법은 서울 강서구 송정역, 영등포, 안양, 일산, 부천, 그리고 인천과 같은 인접도시에서 접근이 가능하게 마련되어 있다. 우선 서울의 서남부 지역에서는 1시간 30여 분 정도면 시외버스를 이용하여 강화버스터미널에 도착할 수 있다. 일단 강화 버스터미널에 도착하게 되면 강화군내의 모든 면(面)과 리(里)로 연결할 수 있도록 마련된 강화시내버스를 통하여 원하는 지역으로 이동할 수 있게 되어 있다. 인천과 인접도시에서 강화로 접근할 수 있는 시내와 시외버스노선을 소개해 보면 다음과 같다.

■ 송정역(1번, 3-1번, 8번, 88번, 신촌직행버스)
✓ 5호선 송정역 1번 출구에서 강화버스 수시로 탑승 가능
　(신촌-송정-고촌-김포-마송-강화)
✓ 2호선 신촌역 7번 출구에서 신촌직행버스 탑승 가능
　(신촌-송정-고촌-김포-마송-강화)

■ 영등포(1번, 88번)
✓ 영등포(신세계백화점 앞)-김포공항(송정역)-고촌-김포-장기
　-마송-강화

■ 안양(3번, 3-1번)

✓ 안양(왕궁예식장 건너편)-김포공항(송정역)-고촌-김포-장기-마송-강화

■ 일산(80번, 96번)

✓ 80번: 대화역 6번 출구-일산대교-걸포-지경-장기-마송-김포대학-강화

✓ 96번: 일산 호수공원(웨스턴돔 건너편 법원 앞)
(법원 앞-마두역-백석역-김포시청-지경-마송-강화터미널-서운)

■ 부천(330번)

✓ 소풍역(터미널 건너편)-계양-임화-굴현-풍무동-김포-마송-김포대학-강화

■ 인천(70번, 90번, 700번)

✓ 70번: 인천터미널(뉴코아 앞)-석바위-제물포-검단-양곡-김포대학-강화

✓ 90번: 부평역(국민은행 앞)-계산동-검단-양곡-마송-강화

✓ 700번: 인천터미널(뉴코아 건너편)-동암역-석남동-검단사거리-양곡-대곶-강화

미래발전계획

   2025년 강화장기 종합발전계획은 강화고인돌 생태문화단지조성과 역사문화유적사업을 포함하고 있다. 그리고 강화레포츠단지 조성을 비롯한 관광진흥사업과 강화일반단지 조성을 통한 성장동력사업도 계획되어 있다. 그리고 총 연장 61.9km의 인천국제공항에서 강화와 개성을 잇는 해상고속도로 건설 계획도 있다. 또한 역사와 문화가 있는 친환경 미래도시인 강화를 만들기 위하여, 역사박물관, 석모도 수목원과 휴양림, 남쪽 해안순환도로, 간선도로확충, 그리고 유적답사 및 현장체험학습 프로그램 운영과 같은 후속사업들이 계획되어 진행 중에 있다. 인천시는 '강화도 종합발전계획'도 수립했다. 시는 300억 원의 재원을 마련, 고려강화역사문화재단을 설립하고 종합역사문화센터와 복합테마파크를 조성할 계획도 가지고 있다.

※ 영종-강화 간 연륙교 건설

2010년 기공식 이후 잠시 답보상태에 있던 인천 영종도와 강화 간의 연륙교 건설이 다시 탄력을 받고 있다. 인천시는 영종도와 강화 간의 연륙교 건설이 양 지역의 활성화를 위해서 필요하다는 판단에 따라 2011년부터 다시 추진하고 있다. 이 도로는 영종도에서 옹진군 신도를 거쳐 강화군 길상면을 잇는 총 14.8km의 왕복 4차선으로 계획되어 있다. 미래 한반도 통일을 대비하여 영종-강화-북한 개풍-개성공단을 잇는 '서해안 남북축 도로'를 완성하기 위하여 영종-강화 간 연륙교가 반드시 필요하다고 보고 그동안 미진하던 계획을 다시 추진 중이다.13)

※ 강화-교동도-해주도로

강화와 교동도는 현재 다시 건설이 진행 중이며 완공을 눈앞에 두고 있다. 이 다리가 연결되면 해주까지 다리를 연결할 계획에 있다. 인천시장은 인천-개성-해주를 잇는 3각 경제클러스터는 홍콩-광둥-선전에 상응하는 동북아의 가장 경쟁력 있는 산업클러스터가 될 것으로 내다보았다.14)

※ 강화산업단지

강화산업단지는 인천상공회의소가 야심차게 계획하고 추진

---

13) 동아일보, 2011년 2월 22일자 기사내용.
14) 매일경제신문, 2011년 9월 2일자 기사내용.

중인 사업이다. 인천의 남동공단과 가좌공단의 공장용지 부족을 해소하기 위하여 물색된 후보지로 지정된 장소가 강화읍 월곶리와 옥림리 일대 지역이다. 인천 상공회의소는 이곳의 78만여m²(약 23만 6363평)에 강화산업단지를 2014년까지 조성하여 입주를 희망하는 업체들에게 공급할 계획을 가지고 있다.[15)]

❁ 강화조력발전소

당초 강화조력계획은 교동도, 서검도, 석모도를 연육화하는 대규모안(방조제 8.4km, 연간발전량 1,556GWh)이었다. 그러나 천연기념물 보호구역과 겹치고 북방 어로한계선까지 포함된 탓에 석모도만 잇는 소규모 안(방조제 4km, 연간발전량 710GWh)으로 축소돼 추진 중이다.

❁ 인천만 조력발전소

인천만 조력은 강화도 남단과 장봉도~용유도, 그리고 강화도 남단~영종도 등을 이어 총 3개의 조력댐(방조제 18.3km, 연간발전량 1,320GWh)을 건설하는 사업이다. 이 사업은 현재 인천항만청과 주민들이 법적 분쟁을 벌이면서 계획된 2017년 완공은 어려울 것 같은 전망이다.[16)]

---

15) 『강화』(강화소식지 Vol. 53호), 인천시 강화군 참조.

16) CNEWS http://www.cnews.co.kr/uhtml/read.jsp?idxno=20110829114024532076

03

강화에서 가볼
만한 곳

마니산과 참성단

마니산과 참성단17)은 화도 면 문산리에 있다. 마니산은 해발 469.4m의 높이로 강화군 에서는 제일로 높은 산이다. 모양이 아름답고 웅장한 명산  이다. 산봉우리에는 단군께서 제사를 지내기 위해 쌓았다는 참 성단이 있다. 이런 연유로 우리 민족의 성지로 불리고 있다. 마 니산을 오르는 길은 계단으로 되어 있고, 암반으로 이루어진 산 으로 등산하기에 편안한 산은 아닌 편이다. 단군이 천제를 올리 던 곳으로 전하는 참성단은 기초는 하늘을 상징하여 둥글게 쌓 고 단은 땅을 상징하여 네모로 쌓아 올린 형태이다.

---

17) 강화군청 홈페이지 참조.

전등사

전등사[18]는 길상면 온수리에 있다. 전등사는 고구려 소수림왕 때 아도화상이 처음 창건하고 고려 때 전등사로 개명한 사찰이다. 특이한 점은 대웅전의 처마를 벌거벗은 여인
상(裸婦像)이 받치고 있는 것을 볼 수 있다. 목수의 사랑을 배신하고 도망친 여인에 관한 내용이 전해 내려오고 있는데, 방문하실 기회가 있으면 눈여겨보시길 바란다.

---

18) 강화군청 홈페이지 참조.

초지진

초지진[19]은 길상면 초지리에 있으며 강화의 대표적인 국방유적 중 하나이다. 고종 때 프랑스군 함대, 미군 함대, 그리고 일본 군함 운양호와 치열한 전투를 벌인 격전지이다. 성축과 노송에는  아직까지도 포탄 자국이 남아 있어 그 당시의 격전을 말해 주고 있다. 초지진을 방문할 때 근처에 있는 역사관도 함께 들러 강화역사를 한눈에 보는 것도 좋겠다.

---

19) 강화군청 홈페이지 참조.

적석사

적석사[20]는 내가면 고천리 에 있다. 진달래 축제를 하는 고려산 서쪽에 위치해 있으며 고구려 때 세운 절로 알려져 있다. 자동차로 오를 수 있는  데, 길이 가파르고 협소해 운전할 때 겁이 많이 났던 기억이 있 다. 단단한 마음의 준비가 필요하다. 적석사 뒤편에서 보는 낙조 가 명품이다.

---

20) 강화군청 홈페이지 참조.

강화갯벌과 동막해변

강화갯벌은 강화 남단, 그리고 동막 해변[21]은 강화도 화도면에 있다. 강화 남단의 갯벌은 세계 4대 갯벌 중 하나이다. 여의도 면적의 약 53배나 되고, 직선거리로는  4km에 달한다. 동막 해변은 백사장과 울창한 숲으로 유명하다. 여름철 휴가기간에는 교통이 많이 혼잡하다는 점도 고려하는 것이 좋다.

---

21) 강화군청 홈페이지 참조.

고인돌 박물관

강화군에는 현재 약 150기의
고인돌[22]이 있는 것으로 추산되
고 있으며 이 중에서 70기가 세계
유산으로 등록되어 있다. 고인돌
박물관은 강화군 하점면 부근리
에 있다. 고인돌 박물관에서 가장 눈에 띄는 것은 무게가 무려
약 50여 톤, 높이가 2.6m에 달하는 '강화지석묘'이다. 강화지석
묘는 한반도 남쪽에서 가장 큰 탁자식 고인돌로서 2000년 세계
문화유산으로 등록되었다. 강화에 고인돌이 있었다는 사실로
미루어 강화가 아주 오랜 옛날부터 사람들이 생활하기에 적절
한 지역이었음을 말해 주고 있다.

---

22) 강화군청 홈페이지 참조.

강화산성

강화산성[23]은 강화읍 국화리에 있다. 이 성은 고려 고종이 강화도로 천도하여 토성으로 축조하였으나 몽고군의 강요로 헐리었고, 조선 초에 이르러 토성을 석성  으로 개축하였다. 4대문(동·서·남·북), 4소문으로 되어 있다. 동문: 망한루(望漢樓), 서문: 첨화루(瞻華樓), 남문: 안파루(晏波樓), 북문: 진송루(鎭松樓)라 하였다.

---

23) 강화군청 홈페이지 참조.

고려궁지

고려궁지[24]는 강화읍에 있다.  이곳은 고려가 몽고의 침략에 줄기차게 항전하던 39년간의 궁궐터이다. 1977년 보수 정화되어 우리 민족의 자주정신과 국난 극복의 역사적 교훈을 안겨 주는 국민교육의 장으로 활용되고 있다. 오래된 역사와 함께 그 자리를 지켜온 고목들이 아직까지 남아 있어 고려의 숨결을 아직도 느낄 수 있는 곳이다.

24) 강화군청 홈페이지 참조.

강화 나들길

중앙일보는 45주년 기획으로 '그 길 속 그 이야기'란 시리즈로 우리나라의 둘레길을 차례로 소개한 적이 있는데 강화의 나들길을 세 번째로 소개하였다. 강화의 나들길이란 표현의 어원은[25] 강화의 옛 이름인 심도(沁島)를 여행한 강화선비 화남 선생[26]의 '심도여행'이란 기행문에서 유래했다. 나들길은 현재 8개 코스와 교동 1개 코스가 있다. 좀 더 상세한 안내를 원한다면 강화군청 홈페이지에서 정보를 얻을 수 있다(강화군청 ▶ 문화관광 ▶ 여행정보 ▶ 도보여행).

---

25) 중앙일보, 2010년 6월 11일자 기사내용.
26) 고재형(1846~1916)은 섬 안의 마을 200여 곳을 둘러보고 『심도여행』이란 기행문을 지었다.

고려산 진달래 축제

고려산의 진달래 축제[27]는 단일 축제로는 현재 전국 최대의 규모로 발전된 축제이다. 2003년부터 시작된 진달래 축제는 그 군락지가 20여만 평에 걸쳐 펼쳐 있으며, 진달래를 보기 위  해서 매년 강화군을 찾는 인원이 30여만 명이나 된다. 강화군이 북한과 접경지역인 관계로 고려산은 한동안 민간인 출입이 금지되어 있는 '민통선' 지역으로 분류되어 있었다. 그 당시 민간인 출입이 금지되었던 고려산이 세상에 얼굴을 내민다는 것은 불가능한 일이었다. 하지만 2003년에 지역에 있는 뜻있는 분들의 노력으로 진달래 축제가 시작되었으며, 전국의 언론들이 진

---

27) 강화군청 홈페이지 참조.

달래 축제를 소개하면서 자연스레 민통선은 사람들의 출입이 허용되는 중요한 계기가 되어 세상의 빛을 보게 되었다.[28]

고려산 진달래가 전국 최고로 거듭 날 수 있었던 것은 아무래도 지리적인 위치에서 그 요인을 찾을 수 있다. 모든 생물은 발육하고 성장하는 데 최적의 조건이 있듯이, 강화도는 위치적으로 우리나라 북단에 있어 진달래의 성장에 가장 알맞은 조건을 가지고 있다고 볼 수 있다. 여기다 군락지가 북향으로 되어 있어서 개화시기를 일정하게 하는 데 도움이 되고, 개화된 꽃의 아름다움을 좀 더 유지시킬 수 있는 장점을 가지고 있어서 축제에 참석하는 방문객을 맞이하는 데 안성맞춤이기 때문이다.

진달래 군락지가 형성되어 오늘날의 축제로 발전하기까지는 우여곡절도 많이 있었다. 30년 전에는 아지랑이가 피어오르는 봄철, 한 해 농사를 준비하는 시기에 병충해를 방지하기 위하여 논두렁을 태우던 농부가 실수를 한 적이 있다고 한다. 고려산은 논두렁을 태우던 중, 순간 불어 닥친 바람으로 불길이 사방으로 번져나가는 것을 막지 못하여 마침내 산 전체가 불에 타 버리는 아픔을 간직하고 있다. 하지만 오늘날의 고려산에 핀 진달래는 언제 그런 아픔이 있었냐는 듯이 오랜 세월의 흐름 속에 불에 타버린 자신의 몸에 다시 뿌리를 내리고 고려산 전체를 꽃으로 뒤덮었다.

진달래꽃 축제에 참석한 후 산을 내려오며 마주한 진달래가

---

28) 강화로닷컴 참조.

활짝 핀 웃음으로 나를 반길 때마다, 꽃이 전해 주는 아름다움
과 함께 풍상이 함께한 인고의 세월이 함께 다가와 그 진한 진
홍색의 꽃송이만큼이나 또 다른 의미가 나의 가슴에 깊이 전해
옴을 느낀다.

04

좌충우돌!
초보농사꾼

첫해 농사

농사에 대해 알지 못한다는 막연한 두려움 속에 엉겁결에 시작된 첫해 농사의 기억으로는 입주하자마자 바로 시작된 풀 뽑는 일과 전(前) 주인이 심어 놓은 콩과 가지, 그리고 호박을 수확하던 일이 생각이 난다. 풀 뽑는 작업은 농촌생활을 하면서 몸에 배야 하는 일상의 작업이라고 할 수 있다. 특히, 비가 온 후에 햇빛이 나고 며칠 지나면 거짓말같이 크게 자라는 잡초의 위력을 실감하게 될 것이다. 첫해 아직 몸에 익숙하지 않아서 고생스럽게 여겨졌던 풀 뽑는 작업을 제외하곤 도시생활에 젖어 있던 우리 가족은 씨를 뿌리고, 농작물을 가꾸는 과정을 습득하기도 전에 수확이라는 결실의 기쁨부터 맛본 셈이 된다.

8월에 입주해 보니, 텃밭을 반으로 나누어 한쪽에는 봄철에 심어 놓은 콩이 자라고 있었고, 또 다른 한쪽은 가을 김장용 배추와 무를 심을 목적으로 땅을 묵혀 놓았는데29), 그곳에는 뜨거운 태양 아래 자란 풀이 무릎 높이까지 올라와 있었다. 입주한

다음 주말, 아내와 나는 의기투합하여 의욕적으로 풀을 뽑기 시작하였다. 하지만 우리 스스로 '오늘 무리를 하고 있구나'라는 사실을 느끼기까지는 채 5분도 지나지 않았다. 평소에 쓰지 않던 근육을 사용해서인지 여간 힘든 일이 아니었다. 풀을 뽑는 방법도 요령이 필요한데 우리는 도시 생활을 하다가 펼쳐진 전원의 푸른 모습에 반하여 높은 의욕만 가지고 힘으로 풀을 뽑으려 하니 손목과 허리가 아프고 여간 힘이 드는 것이 아니었다. 장마 후 굳어진 땅에 뿌리를 단단히 내린 풀을 잡아당기는 작업도 힘을 써야 하지만, 뽑힌 풀뿌리와 함께 올라온 흙덩이 뭉치의 무게와 이 흙덩이를 땅에 대고 흙을 털어내는 작업도 만만치 않았다. 우여곡절 끝에 마무리를 하고 나니 몸은 땀으로 범벅이 되어 있었고, 허리의 통증도 말이 아니었지만, 새로운 일에 대한 도전으로 마음만은 기쁘고 행복했다.

처음 풀을 뽑던 힘들었던 기억이 아직까지도 지워지지 않고 뇌리에 남아 있지만, 수확의 기쁨을 일깨워 준 아름다운 추억도 오래 남아 있다. 생전 처음 내 손으로 콩을 수확하던 그때의 기억은 아직도 나의 마음속에서 생생하게 살아 숨 쉬고 있다. 잘 자라나서 콩깍지를 매단 콩은 청명한 가을이 지나고 차차 기온이 떨어지기 시작하자 잎이 누렇게 변해갔다. 어느새 콩은 앙상해진 몸에 자신의 DNA를 소중히 간직한 콩깍지를 주렁주렁 매달고 있었다. 혹시라도 급작스러운 날씨 변화로 콩을 잃을지도

---

29) 시골에서 '땅을 묵힌다'는 표현은 땅에 작물을 심지 않아서 잡초들이 무성하다는 표현으로 사용된다.

모를까 봐 조바심을 하면서, 서리가 내리기 전에 콩대를 낫으로 베었다. 가을의 따뜻한 오후 햇볕 아래서 아내와 함께 앞마당의 잔디 위에 천막을 깔고 콩을 털었다. 가느다란 나무를 이용하여 몇 차례 콩대를 타작한 후에 불어오는 바람에 깨진 콩깍지를 날려서 콩을 수확하였는데, 그 양이 어림잡아도 다섯 되가 넘은 분량이나 되었다. 수확의 기쁨은 말로 표현하기 어려운 색다른 즐거움이었다. 아내는 수확의 기쁨을 이웃과 나누고자 첫 수확한 콩을 강화읍내의 떡 방앗간으로 가지고 나가 백설기 떡으로 만들었고, 떡을 돌리며 마을의 이웃들과 정을 나누니 그 기쁨이 배가 되었다.

가지는 3그루가 있었는데, 주말에 들를 때마다 매번 3~5개의 유기농 가지를 선물해 주었다. 가지는 수돗가 근처 화단 옆에 심었기에, 내가 키운 농작물 중에서 매일매일의 성장과정을 가

장 잘 지켜볼 수 있었던 작물이었다. 이른 아침에 일어나 가지에 맑은 이슬이 송송 맺혀 있는 모습을 보면서 나와 무언의 교감을 서로 나누곤 했다. 물론 가을 내내 우리 가족이 건강할 수 있도록 가지나물도 제공해 주어 더더욱 감사하다. 가지농사를 통하여 느낀 사실은 가지가 참으로 빨리 자란다는 사실이었다. 주말을 마무리하면서 다 자란 가지를 따서 바구니에 담아 서울로 귀경한 후, 주중에 정신없이 도시생활의 일상에 젖어 지내다가 다시 주어진 주말을 기해 다시 강화를 찾게 되면 가지는 어느새 다시 크게 자라나서 수확의 기쁨을 주곤 하였다. 하루가 다르게 자라나는 가지를 보면서 나도 모르게 '와!'란 감탄사를 자아낸 적이 한두 번이 아니다.

자신의 손을 내어 집의 울타리를 움켜잡고 오르면서 초록색의 동그란 열매를 키워내던 호박도 마침내 지름이 어른 손의 두 뼘가량 될 정도의 열매를 맺었다. 차가워지는 날씨 속에 호박잎은 시들어 쪼그라들고, 하루가 다르게 말라 들어가는 줄기의 변화에도 아랑곳하지 않고 마지막 남은 혼신의 힘으로 결국 자신의 몸체를 누렇게 채색을 시키고 통통하게 변화시킨 것이다. 올해엔 감사하게도 커다란 호박을 3개나 수확할 수 있었다. 그중에서 한 개는 태성원의 전 주인과 만날 기회가 있어서 선물로 드리고 나머지 두 개는 시골의 인심과 정취를 느낄 수 있도록 가을의 햇볕이 내리쬐는 툇마루에 내내 놓아두었다. 이 호박은 나의 시선이 머물 때마다 넓적한 호박의 크기만큼이나 내 마음을 풍요롭게 만들고 때론 도시생활에 지친 나의 머리를 식혀 주는 청량제 역할을 하리라 믿는다.

8월 말에 접어들면서 이제 본격적으로 가을 밭농사를 경험하게 될 시기가 된 것이다. 지난번 몸에 익숙하지 않아서 고생을 하면서 풀을 뽑았던 밭골에 야심차게 김장용 배추와 무를 심었다. 무는 씨를 한 구멍에 3개씩 넣어 주었다. 3개를 넣은 이유가 재미있었다. 한 개는 들짐승, 한 개는 날짐승, 그리고 한 개는 우리가 수확할 무를 위한 씨앗이라고 옆집 할머니가 말씀해 주셨다. 농사란 일도 중요하지만 자연을 경외하고 숭배하며, 대자연 속에서 인간의 영역인 농사를 이해하려 했던 농부들의 지혜와 우리 조상들의 숨결이 나의 가슴에 전해지는 것 같았다. 김장용 배추는 이웃 할머니가 비닐하우스에서 키워낸 모종을 사다가 심었다. 해가 퍼지기 전 이른 아침 밭에 구멍을 뚫고 주전자를 이용하여 구멍에 물을 주고 모종을 옮겨 심었다. 오후가 지나자

뜨거운 햇살을 견지지 못한 모종이 더위에 허덕이며 떡잎을 축 내리고 완전히 녹초가 된 것 같은 모습을 보여 옆에서 보고 있 자니 안쓰러움에 꽤나 신경이 쓰였다. 녹초가 된 것 같은 모종 들이 뜨거운 태양의 햇살을 이겨내고 과연 살아날 수 있을까? 해가 서산에 기울고 어둠이 다가오자 대부분의 모종들은 다시 살아나고 일부분의 모종은 이미 타 죽었다. 총 110포기를 심었 는데, 20여 포기는 뜨거운 햇볕에 모종이 버티지 못하고 타 죽 어 버려서 다시 새로운 모종을 사다가 기웠다.[30] 무도 90여 개 를 심었는데, 몇 개는 싹이 나오지를 않았다. 싹이 나오지 않은 것이 안타까워 한 구멍에 2개 이상 싹이 나온 무를 분리해서 옮 겨 심으려 하니, 옆집 할머니 말씀이 무는 모종을 옮겨 심으면

---

30) '기운다'는 농부들의 표현으로 여분으로 남겨 두었던 모종을 죽은 배추모종자리에 옮겨 심어 놓
   은 것을 의미한다.

뿌리가 여러 갈래로 생긴 무가 나온다고 일러 주셔서 아쉽지만 모종을 옮겨 심는 일을 포기하였다.

무는 자라서 싹이 나온 것 중에서 제일 실한 것으로 한 개씩 남기고 솎아 주었다. 주말에 이곳에 들를 때마다 물을 자주 주었더니, 배추도 쑥쑥 잘 자라 주었다. 배추와 무가 자라는 모습을 보고 이웃집 할머니들이 '초보 농사꾼이 키운 배추가 더 잘 된 것 같다'고 한마디씩 응원을 보내 주시니 잘 보살피지도 않을 수 없는 족쇄가 되어 버렸다. 가을이 다한 후, 수확을 해 보니 곯은 배추를 제외하고 실한 배추가 90여 포기, 무는 60개나 되었다. 아무리 생각해 보아도 자연이 초보농사꾼에게 베푼 선물치고는 너무 과분한 보상이란 생각이 들었다.

둘째 해 농사

올해 농사의 화두는 아무래도 올 한 해 농사의 큰 그림을 그리는 '농사계획'이라고 할 수 있다. 어설프게 시작한 지난해 농사는 김장용 배추와 무를 심고 수확을 했다손 치더라도 반쪽짜리 농사에 불과하였다. 가을 밭농사는 직접 해 보았지만 봄 농사는 경험을 해 보지 못하였기에 3월이 되면서 나의 마음은 분주해지고 걱정이 앞서기 시작하였다. 어떤 작물을 심을지, 밭의 골을 몇 골로 만들지 하는 등의 밭농사에 대한 큰 그림, 소위 말하는 거시적 계획(macro plan)을 세워야 한다고 생각했기 때문이다. 아내와 오랫동안의 의논 끝에 밭은 우선 골을 늘리기로 했다. 작년에 네 골이었는데, 골의 폭을 좁혀서 일곱 골로 하자고 결론을 도출한 배경에는 두 가지 이유가 있었다. 우선은 처음에 시작하는 농사라서 비록 경험은 부족했지만, 의욕과 욕심이 앞선 탓이었다. 이왕 시작하는 마당에 가능하면 많은 종류의 작물을 심어 다양한 경험을 해 보고 싶었다. 두 번째는 밭의 골의 수를 늘려서 골의 폭을 좁게 하는 것이 우리 가족이 밭농사를 수월하게 지을 수 있다는 판단에서였다. 텃밭은 작은 규모이기에 중장비의 도움 없이 삽으로 밭을 뒤집는 데는 밭의 골을 좁게 하는 것이 힘이 덜 들 것 같다고 생각했기 때문이다. 물론 풀을 방지하기 위해 비닐을 씌우는 작업에서도 골을 좁게 하는 것이 유리하다고 생각되었다. 올해 심을 작물은 감자, 콩, 그리고 배추와 무를 주요 작물로 심기로 커다란 그림을 그렸다. 봄 농사는 감자와 콩을, 그리고 가을 농사는 작년과 같이 배추와 무를 심기로 한 것이다. 이외에도 토마토, 고추, 가지, 오이는 물론 상추도 조금씩 심어볼 계획을 잡았다.

긴 겨울 동안 얼었던 땅이 녹는 봄을 맞이하여, 기지개라도 켜듯 아지랑이가 피어나는 4월이 되면서 밭농사를 위한 봄의 킥오프(kick off) 행사는 불 피우는 작업부터 시작되었다. 가을 내내 포대에 담아 모아 두었던 낙엽과 밤나무 송이를 밭 가운데에 모아 놓고 불이 주변으로 번지지 않게 조심하면서 태워 재로 만들었다. 불을 지피는 작업은 불어오는 바람으로 언제든 옆으로 옮겨 붙을 수 있어 주의를 기울여야 하는 조심스러운 작업이다. 불이 타는 동안 불을 지키고 서서 태워 재를 만들고, 계분을 넣고 판매용으로 만든 거름에 재를 섞어서 밭에 골고루 뿌린 후에 삽으로 밭을 뒤집어 흙과 섞이게 하였다. 계획한 대로 밭의 골 폭을 좁혀서 일곱 골로 만들었고, 곧 심을 감자를 위하여 풀이 나지 않도록 검은 비닐을 씌워서 단장해 두었다.

4월 말이 되면서 감자를 두 골 심었다. 구멍을 내어 씨감자를 넣고 흙을 덮어 주었다. 잘 자라나기를 바라는 기원과 함께……. 일주일이 지나자 일부의 감자는 흙 사이로 싹을 보이며 고개를 빼꼼히 내놓은 것도 있고, 아직 나오지 않은 것도 있었다. 생명의 존귀함을 다시 느끼게 된다. 물론 중·고등학교 생물 시간을 통하여 많은 학습을 했지만, 생명의 신성함과 유전인자(DNA)의 신기함을 몸소 느끼지 않을 수 없었다. 감자는 한 달이 지나면서 감자 꽃을 피우는데, 그 꽃이 장미꽃보다는 못해도 아름답기 그지없다. 연보라색 꽃에 노란 술이 있는 모습이다. 생전 처음 보는 감자 꽃을 보면서 아름다움에 감탄하게 되었다.

　5월 초엔 토마토를 모두 5그루를 심었다 잔디마당 오른쪽에는 방울토마토를 3그루, 그리고 왼쪽에는 자두토마토를 2그루 심었다. 토마토 농사의 핵심은 지지대 세우기와 아울러 가지 사이에서 새롭게 돋아나는 새순을 틈틈이 잘라 주는 일이다. 여름의 햇볕을 받고 하루가 다르게 자라는 줄기를 위하여 지지대를 세워서 묶어 주면 수확하는 데 도움이 된다. 혹시라도 지지대에 묶어 주는 일을 게을리하게 되면 토마토 줄기가 땅으로 떨어져 열매도 땅에 닿게 되어 물러지게 되는 경우도 발생하게 되고, 줄기가 비바람에 이기지 못하고 부러지는 일도 발생하게 되기 때문이다. 줄기와 잎 사이에 새롭게 돋아나는 새순은 보이는 대로 정리를 해주어야 곧게 자라게 할 수 있다. 햇볕을 받으면서 방울토마토는 우리 가족이 먹기에 벅찰 정도로 많이 열렸다. 자두토마토는 토질 때문인지 토마토가 동그랗게 자라지 못하고 갈라지기도 하고 일부가 썩기도 하였다. 방울토마토는 만점인

반면, 자두토마토는 성공하지 못한 셈이다.

5월 초엔 토마토 모종 외에도 고추 모종과 가지, 그리고 호박 모종을 강화터미널 방앗간 옆집에서 사다 심었다. 모종 값으로 20,000원을 지불하고 심어 놓았는데, 5월 내내 잘 자라나던 고추 모종은 5월 말에 고라니의 '1차 습격'을 받았다. 고추대를 포함하여 고추 잎들이 고라니의 맛있는 식사가 된 것이다. 이곳에 사시는 마을 분들은 올해엔 드디어 마을까지 내려오는 고라니를 목격하고 고추밭에 고라니 방지용 그물망을 설치해 놓아 피해를 줄이신 분들도 있었다. 작년까지만 해도 비록 윗마을에는 고라니 피해가 있었지만, 이곳 마을까지는 고라니가 내려오지 않았는데, 아마도 고라니 가족의 개체 수가 늘어서 이곳까지 내려온 것이 아닌가? 라고 옆집 할머니께서 추측을 하고 계셨다. 고추를 모종하면서 애정을 쏟은 마음 같아서는 나도 그물망을 설치하고 싶었지만, 이곳에서 땀을 흘리면서 전적으로 농사일에 매달리시는 분들에게 피해가 가는 것보다야 대신해서 초보 농사꾼은 조금 피해를 봐도 괜찮다는 생각에 올해는 그물망을 설치하지 않고 지켜보기로 했다. 고추대는 다시 싹을 내고 자라기 시작했으나, 6월 말 고라니의 '2차 습격'을 받았다. 이번에는 고추 뿌리와 대의 일부만을 남겨 놓고 아주 초토화시켰다는 표현이 적절했다. 아마도 고라니의 입장에는 이번엔 밥을 한 톨도 남기지 않고 그릇을 싹싹 비운 격이니 틀림없이 포식을 했으리라. 이것으로 올해의 고추농사는 고추 하나 먹어 보지 못하고 끝이 났다.

　마음과 달리 상추와 오이, 그리고 가지농사도 재미를 보지 못했다. 자라난 상추는 한 번 따서 먹었는데, 그 뒤론 비실대면서 크게 성장을 하지 못했다. 비료의 양을 잘못 조절한 탓인지, 일조량이 부족해서인지 원인조차 알 수가 없다. 오이도 모종을 옮겨 심어 놓았는데, 잘 자라지 못하고 죽어서 강화 읍내에 나가 다시 사다가 심었는데, 결국 잘 키우지 못하고 실패하였다. 작년에 수확의 큰 기쁨을 안겨 주었던 가지농사도 작년과 달리 올해엔 잘 안 되었다. 농약을 하지 않아서인지 잎에 벌레(주로 무당벌레)가 너무 많이 모여들어 가지나무의 잎을 갉아먹었고, 잎들은 누렇게 변해갔다. 양분이 부족한 때문이지 가지 생김새도 곧게 자라지 못하고 조금 자라다가 동그랗게 휘어지는 모습을 보였다. 어떠한 원인인지는 몰라도 초보농사꾼이 앞으로 배우고 공부해야 할 숙제를 남겨 놓은 듯하다.

올해 7월 첫날은 나의 생에 있어서 첫 감자수확의 기쁨을 맛본 날이다. 나의 견해로는 감자농사는 밭농사 중에서 손이 적게 가고, 초보농사꾼들이 하기에 그래도 실패가 적은 작물이 아닌가 생각된다. 감자는 우선, 한골만 수확을 하고 '수확의 기쁨'을 맛보지 못한 우리 아이들이 다음 주말에 와서 직접 감자를 캐보는 경험을 해 볼 수 있게 남겨두었다.

주말인 8월 22일 비가 내렸다. 옆집 할머니한테서 사온 배추 모종 60개를 아침 6시부터 비를 맞으면서 옮겨 심고, 무씨를 파종하였다. 배추와 무 농사는 작년에 한 번 해 본 경험이 있어서 어느 정도 자신감이 있었으나, 막상 시작을 해 보니 작년의 기억은 다 어디로 가고 새로 시작하는 것 같았다. 모든 일에 처음 임하는 초보자들이 그러하듯이, 난관에 봉착할 때마다 일생 동안 농사일을 하신 이웃 할머니들의 지혜와 경험으로 어려움을 해결할 수 있었다. 아이들도 비를 흠뻑 맞으면서 처음 하는 농사 경험에 즐거워하는 눈치다. 육체적인 일은 땀을 통하여 도시인들이 쉽게 느끼지 못하는 정신적인 자유를 보상으로 내어 주는 것 같았다. 비록 피로가 밀려왔지만, 오히려 내일 다시 미래를 향하여 정진할 수 있는 충전의 시간과 남아 있는 도시의 일로 나를 속박하던 정신세계에 자유로움을 선물해 준 것 같아 감사함을 느낀다. 일을 마무리하고 찬물에 밥을 말아 반찬 대용으로 고추에 된장을 찍어 먹으니 비록 1식 1찬의 소박한 소찬이지만, 마음만은 호사스러운 산해진미가 부럽지 않은 행복을 느끼게 된다.

11월에 들어서면서 날씨가 많이 쌀쌀해져서 옷깃을 여미게 되고 마치 겨울이 성큼 다가온 듯하다. 갑자기 내려간 기온으로 무가 얼까 봐서 뽑아서 저장용으로 땅을 파고 묻었다. 땅속의 자연 저온창고에 넣어 두고 내년 봄까지 앞으로 필요할 때마다 꺼내어 요긴하게 사용하리라. 비와 일조량이 부족한 탓인지, 무는 작년과 비교하여 크기는 많이 작지만, 반대로 즙이 많고 아주 달았다.

　11월 17일, 드디어 여름부터 가을 내내 키운 배추를 수확하는 날이다. 농약을 치지 않고 유기농으로 가꾼 배추로 추운 겨울 동안 먹을 김장을 시작했다. 아내는 배추를 소금물에 절여서 배추물이 빠지기를 기다렸다가 깨끗한 물에 헹구어 미리 버무려 놓은 무채로 속을 넣었다. 아내와 같이 올해 농사 마무리를 축하라도 하듯이 밤중에 돼지 목삼겹살을 굽고 강화도 특산물인

찬우물 고향막걸리를 한잔 하니 그 즐거움을 모두다 어찌 글로 표현할 수 있으리오! 깊어가는 초겨울 밤에 장단을 맞추기라도 하듯 집 처마에 매달린 풍경에서 들려오는 풍경소리에 행복감을 다시 확인하다.

셋째 해 농사

생초보로 시작된 농사일이 올해로 벌써 3년째 접어들고 있다. 올해를 맞이하면서 농사의 화두는 '어떻게 풀과의 전쟁에서 승리를 할 수 있을까?' 하는 것이었다. 농촌생활을 하는 2년여 동안 나는 풀과의 전쟁에서 승리를 거두지 못한 농사꾼이었다.

사실을 밝히기에 조금은 창피한 이야기지만, 나는 작년까지만 해도 농작물과 잡초들을 확실하게 구분하는 것이 어려울 때도 있어서 잡초들을 방치한 측면도 있었고, 또 하루가 다르게 쑥쑥 올라오는 풀과 자신 있게 전면전을 벌일 각오도 부족하였다고 할 수 있다. 어쩌면 어린 풀들이 무성하게 자라는 것을 보면서도, 풀과의 전쟁을 외면하는 것이 오히려 나를 편하게 하는 길이라고 나 스스로를 위안하면서 풀이 자라는 것을 수수방관하였는지도 모른다. 하지만 그동안의 경험을 바탕으로 이제는 풀과 작물을 구분할 정도의 능력도 생기게 되고, 풀이 자라나게 되면 작물에게 가야 할 양분을 풀이 가로채 작물의 발육에 영향을 준다는 사실을 알고 나니 풀을 제거해야겠다는 마음이 생겼다. 하지만 잡초 제거 작업에 신경을 쓰면서도 이에 소요되는 시간문제로 고민을 하지 않을 수 없었다.

처음 이곳에 집들이를 한 후, '태성원'이란 당호를 걸면서 내심 마음속으로 생각했던 것이 있다. 이곳의 쓰임이 도시에서의 생활을 건강하게 지속할 수 있도록 창의성과 휴식을 제공하고, 정신적인 여유를 구가할 수 있는 장소가 되었으면 하는 바람이 있었다. 그러나 지난 2년을 뒤돌아보면 초기 바람과는 달리 우리 가족의 삶은 오히려 시간이 더 부족해지는 육체노동의 블랙홀 속으로 빠져든 느낌이 든다. 주말이 휴식과 안식, 그리고 재충전의 시간이 아니라, 이곳 마당의 잔디에서 자라나는 잡풀을 뽑고 집 주변의 잡초 제거와 같은 일에 치여 오히려 시간에 쫓기고, 잠시 쉴 틈도 없이 일 끝나기 무섭게 허겁지겁 서울로 귀경해야 하는 날이 거듭되었던 것이다. 노동이 투여된 시간을 비교해보면, 작물재배에 투여된 시간보다는 잡초 제거와 잔디마당에 자라는 풀 뽑는 시간에 더 많은 시간이 소요되었던 것이다.

고민을 거듭하다가 두 가지의 해결책이 제시되었다. 하나는 토양에 영향을 미칠 수 있다고 판단되어 그동안 배제되었던 제초제를 사용하는 문제를 아내와 심도 있게 의논하여 제한적으로 사용하기로 하였다. 즉, 잔디마당에서 자라는 잡초를 제거하기 위하여 쪼그리고 앉아 하나하나 일일이 뽑아야 하는 수고로움을 대신하기 위하여 잔디는 보호하면서도 잡초를 제거하는 약한 농도의 제초제를 사용해 보기로 하였다, 또한 초록이란 전원의 색채에 미관을 해칠 수 있어 그동안 최대한으로 자제해 왔던 검은 비닐을 씌우는 공간을 좀 더 넓혀서 잡초의 성장을 미연에 방지하는 시도를 해 보고자 하였다. 이 시도는 그동안 검은 비닐을 씌우는 일에 강한 반대 입장을 보이던 아내도 풀 뽑는 작업에 지쳤는지 한 발자국 뒤로 물러난 모습을 보였기에 내가 더 적극적으로 설득을 하여 시도가 실현되었다.

이러한 변화를 통하여 올해부턴 조금씩 시간적인 여유를 되찾기 시작했고, 태성원이 가지는 본연의 목적에 우리가 가까이 가고 있다는 생각이 든다. 3년차에 접어드는 올해부터는 이곳에 오게 되면, 신선한 공기를 느끼면서 폐부를 정화할 수 있는 여유, 앞에 보이는 별립산의 경관을 관조하며 향이 그윽한 커피 한잔을 즐길 수 있는 여유를 다시 찾을 수 있어서 마음이 기쁘다. 잔디 틈새에서 자라나는 잡풀을 일일이 뽑는 데 많은 시간을 보냈던 아내에게 자신이 좋아하는 책을 읽을 수 있는 시간을 줄 수 있어서 정말 좋다. 나 또한 오랫동안 손에서 놓았던 붓을 다시 잡을 수 있는 시간이 생겨서 정말 좋다. 한지를 펼칠 수 있어서 좋고, 벼루에서 코로 전해지는 그윽한 먹물의 냄새를 다시 맡을 수 있어서 감사하다. 난의 향기는 백리를 가고, 묵의 향기는 천리를 간다고 하지 않았던가?(蘭香白里 墨香千里)

봄에 씨감자를 넣었던 감자는 올해도 잘 자라 주었다. 장마가 온다는 소식에 알이 든 감자가 썩을까 봐 염려되어 서둘러 감자 수확을 했더니 햇감자가 사과박스로 4박스 넘게 나왔다. 잔디마당에 천막을 깔고 감자에 남아 있던 흙을 말려서 크기별로 상,

중, 하로 분류하여 종이박스에 담아 창고에 보관하였다. 일부는 작은 박스에 담아서 주변에 알고 지내던 분들께 직접 농사지은 것이라며 나누어 드렸더니 매우 좋아하셨다. 감자 수확을 하던 날 아이들과 삼겹살구이 파티를 하면서 수확한 햇감자를 알루미늄포일에 싸서 구웠더니 그 맛이 패밀리레스토랑에서 맛보는 통감자 구이와 비교가 되지 않을 정도로 맛이 있었다. 아마도 정성껏 키우기 위해 들인 땀방울의 결과물이란 생각에 더욱 맛이 있지 않았나 생각해 본다.

팔월 초순이 되면서 옆집 할머니께서 쪽파를 심어 보라고 권해 주셨다. 어느 곳에 심을까 고심하다가 앞의 텃밭은 겨울 김장용 배추와 무를 용도로 남겨 놓고, 집의 담장 밖에 위치한 조그만 크기의 텃밭에 심기로 했다. 그동안 계속되는 장맛비로 인하여 축축해진 밭에 아내와 같이 힘을 합하여 쪽파를 심었다. 새로운 작물을 심을 때마다 느끼는 감정이지만, 특성에 맞게 세세하게 작물을 보살펴 주어야 한다는 너무나도 단순한 진리를 마음속에 다시 담게 된다. 쪽파의 뿌리 반대 부분을 가위로 조금 잘라내고 축축한 땅에 파묻고 흙을 덮어 주었다. 주말에 아이들과 함께 둘러보니 열흘 전에 심

어 놓았던 쪽파가 모두 살아 있다고 신고를 하는 듯 2~3cm 정도 이미 올라와 있는 것이 아닌가? 장마로 인하여 오랫동안 햇빛을 보지 못해서인지 오이는 자라나는 속도가 현저하게 떨어지고, 고추도 물러지는 병이 자꾸 발생하는 것에 아랑곳하지 않고 쪽파는 파랗고 예쁜 자신의 존재를 세상에 드러내고 있었다. 보고 있는 것만으로도 너무 감사하고 아울러 경이로움을 느낀다.

팔월 중순을 지나면서 수돗가에 있는 포도밭에는 포도가 무럭무럭 익어가고 있다. 초순까지만 해도 청포도의 모습을 보였는데, 이제는 포도송이도 많이 굵어졌고, 색깔도 앳된 푸른 모습에서 벗어나 있다. 집 뒤편에 자리 잡은 밤나무는 수령이 꽤 오래된 나무이다. 나무의 높이가 이미 지붕 높이보다 높으니 어림잡아도 20년은 족히 되었으리라. 이 밤은 조생종으로 교산리 마

을에서 가장 먼저 밤이 열리는 나무라도 먼저 주인이 상세하게 일러주었던 기억이 난다. 올해도 이 밤나무에 꽤 많은 밤송이들이 열려서 가을의 풍년을 예약하는 듯하다. 태풍이 몰고 온 세찬 바람의 영향으로 자라나던 어린 밤송이들이 떨어지기도 했지만, 결실의 계절인 가을을 향하여 알밤의 크기는 무럭무럭 자라나리라.

절기와 농사의 궁합

시골에서 생활을 하다 보면 농사일과 관련된 이야기를 나눌 때는 날짜를 사용하기보다는 절기를 많이 사용한다는 것을 느끼게 된다. 날짜 대신에 절기를 사용하는 데에는 시골에 계신 분들이 주로 고령이라서 젊은 층 사이에서 익숙하게 사용되는 날짜로 표현하는 방식과 다른 것 같다. 절기를 통하여 농사일을 가늠하던 우리 조상들의 오랜 관습이 시골에 있는 분들의 삶속에 남아 있는 일면이라고 생각하니 정겨운 느낌이 든다. 하지만 춘분, 하지, 추분, 그리고 동지와 같은 몇몇의 절기를 제외하곤 24절기에 익숙하지 않던 나로서는 처음에 당혹스러움을 느낀 경우가 여러 번 있었다. 옆집 할머니와 나누는 대화의 주된 화제가 농사일과 관련된 내용이다 보니, 특히나 작물의 파종시기와 수확시기에 관한 대화를 할 때에는 절기로 때를 말씀하시기 때문이다. 이와 같이 우리나라의 절기는 농사일과 뗄 수 없는 찰떡궁합이라고 할 수 있다.

　로마에 가면 로마법을 따르라고 하지 않았던가? 시골에 가면 가능하면 빨리 시골에서 사용하는 용어와 방식에 적응하는 것이 나에게 도움이 될 것 같다. 같은 맥락에서 그동안 실생활에서 사용하지 않아서 잘 알지 못했던 절기에 관한 내용을 정리하여 공부하면서 여러분한테도 도움이 되었으면 바람으로 정리된 내용을 함께 올려본다.

절 기	일 자	내 용
입 춘	2월 4일(또는 2월 5일)	봄 시작
우 수	2월 18일(또는 2월19일)	봄비 내리고 싹이 남
경 칩	3월 5일(또는 3월 6일)	개구리가 겨울잠에서 깨남
춘 분	3월 20일(또는 3월 21일)	낮의 길이가 길어짐
청 명	4월 4일(또는 4월 5일)	봄 농사 준비
곡 우	4월 20일(또는 4월 21일)	농사비가 내림
입 하	5월 5일(또는 5월 6일)	여름 시작
소 만	5월 21일(또는 5월 22일)	농사 시작
망 종	6월 5일(또는 6월 6일)	파종 시작
하 지	6월 21일(또는 6월 22일)	낮의 길이가 가장 긴 시기
소 서	7월 7일(또는 7월 8일)	더위 시작
대 서	7월 22일(또는 7월 23일)	더위가 가장 심함
입 추	8월 7일(또는 8월 8일)	가을의 시작
처 서	8월 23일(또는 8월 24일)	더위가 식기 시작
백 로	9월 7일(또는 9월 8일)	이슬이 내리기 시작
추 분	9월 23일(또는 9월 24일)	가을 시작
한 로	10월 8일(또는 10월 9일)	이슬이 내리기 시작
상 강	10월 23일(또는 10월 24일)	서리가 내리기 시작
입 동	11월 7일(또는 11월 8일)	겨울 시작
소 설	11월 22일(또는 11월 23일)	얼음이 얼기 시작
대 설	12월 7일(또는 12월 8일)	큰 눈이 옴
동 지	12월 21일(또는 12월 22일)	밤이 가장 긴 시기
소 한	1월 5일(또는 1월 5일)	겨울 추위
대 한	1월 20일(또는 1월 20일)	겨울 큰 추위

---

31) 『한국세시풍속사전』 참조.

밭작물의 파종기와 수확기

세상의 모든 일에는 때가 있기 마련이다. 도시생활을 하다가 초보 농사꾼으로 첫발을 내디디게 되면 두려우면서도 한편으로는 설레는 마음도 느끼게 될 것이다. 의기충천하여 비록 적은 양이라도 작물을 골고루 심어보고 싶은 욕심도 날 것이다. 사실 나도 그런 마음을 가져본 적이 있다. 의욕도 좋고 계획도 좋다. 그런데 이런 의욕과 계획에 어울리지 않게 도시에서 살아온 사람들이 당연히 처음에 겪어야 하는 과정이 있다. 바로 어떤 작물을 언제 파종해야 할지, 파종시기를 잘 알지 못한다는 점이다. 물론 수확을 해야 하는 시기도 잘 모를 수 있다. 하지만 일단 파종을 하고 열매가 열려야 수확도 할 수 있지 않은가? 돌이켜보면 나도 '어떤 작물을 재배할 것인가?' 하는 고민을 하였고, 재배할 작물이 결정되자 바로 '어느 시기에 파종을 해야 작물이 잘 자랄까?' 하는 파종시기에 대한 정보가 필요하게 되었다.

파종의 시기는 매년 조금씩 변화되는 일기와 온도에 따라 감안하여야 할 것이고, 또한 우리나라 지역에 따라 특색에 맞게 응용하여야겠지만 오래전부터 내려오는 절기를 이용하여 우리나라 밭작물의 파종기와 수확기를 정리해 두면 농사를 짓는데 도움이 될 것 같다.

'이가 없으면 잇몸'이라고 하지 않았던가? 일생 동안 농사일에 종사했던 분들이야 파종기 맞히기 퀴즈대회에 나선 선수들처럼 '무슨 작물?' 하면 바로 '어느 절기'라고 답이 자동응답기처럼 반응하여 입에서 튀어나올 테지만 풋내기 농사꾼들이야 어림없는 일이다. 설사 절기를 알려준다고 해도 며칠만 지나고 나면, 떠오르는 직장상사의 얼굴이나 회사의 실적 생각에 귀담아 들었던 절기가 가물가물할 것이다. 그러니 고민할 필요 없이 테이블로 만들어 놓고, 아지랑이 피어오르는 봄날에 밭농사 계획을 하면서 만들어 놓은 나의 구세주인 테이블을 한번 슬쩍 보는 '컨닝구(?)'의 지혜를 발휘한다면 고민이 쉽게 해결되지 않겠는가?

작물별 파종기와 수확기[32]

( )는 정식기

작 물	파종기(정식기)	수확기
고 추	2월 초~2월 말(4월 말~5월 중순)	6월 말~10월 중순
호 박	2월 중순~3월 초(3월 말~4월 중순)	6월 말~8월 말
감 자	3월 초~3월 중순(3월 말~4월 초)	6월 말~7월 말
파	3월 초~4월 중순(6월 초~6월 중순)	11월 초~11월 말
쑥 갓	3월 초~4월 말	4월 말~6월 말
고구마	3월 중순~3월 말(5월 말~6월 중순)	10월 초~10월 중순
부 추	3월 말~4월 말	10월 중순~11월 초
가 지	4월 초~5월 말(6월 중순~8월 초)	7월 초~11월 말
강낭콩	4월 중순~4월 말	7월 중순~8월 초
콩, 들깨	5월 초~5월 중순	10월 초~10월 말
땅 콩	5월 초~5월 말	10월 초~10월 말
검정콩	6월 초~6월 중순	9월 말~10월 말
녹 두	6월 중순~6월 말	9월 말~10월 초
당 근	7월 중순~8월 초	11월 초~12월 말
무(봄)	3월 중순~4월 말	5월 말~6월 중순
무(가을)	8월 말~9월 초	10월 중순~11월 중순
봄배추	3월 중순~4월 말	5월 말~6월 말
가을배추	8월 말~9월 초	11월 초~11월 중순
상 추	9월 중순~9월 말	2~3월
양 파	9월 초~9월 말	6월 초~7월 초
마 늘	9월 말~10월 중순	6월 중순~7월 초
시금치	9월 말~11월 말	10월 초~3월 초

32) '계절별 텃밭 농사재배 일정' 참조, http://blog.daum.net/woals2125/6[작성자 내일님]

과일나무 관리

태성원에는 많은 나무들이 자라나고 있다. 밤나무, 자두나무, 뽕나무, 청매실, 구상나무, 배나무, 산수유, 해당화, 살구나무, 단감나무, 청매실, 명자나무, 홍매실, 보리수, 백일홍, 대봉감나무, 포도나무, 머루, 오죽 등이 있다. 크지 않은 대지에 참 많은 나무들이 자라고 있다.

만약 '내일 지구의 종말이 오더라도 한 그루의 사과나무를 심겠다'고 한 스피노자가 현존해 있다면 아마도 나를 보고 친구하자고 할 것 같다. 나무가 이리 많은데 나는 올해에도 또 감나무와 앵두나무, 그리고 홍매화를 사다 심었다. 비록 태성원에는 아직까지 사과나무는 한 그루도 없지만, 이쯤 되면 나도 스피노자의 친구가 될 만한 자격을 갖추었다고 생각한다면 허황된 자만일까?

나는 나무는 심어 놓으면 그냥 자라는 것으로 생각했었다. 나의 잘못된 생각을 고쳐 주려는 듯 올해 봄이 지나면서 감나무가 죽은 것을 알았다. 기다리고 기다려도 잎을 내지 못하는 것이 아닌가? 지난겨울의 매서운 추위를 버티지 못한 것이다. 재작년에는 보온도 해 주지 않았지만, 작년 겨울에는 볏단을 얻어다가 나무를 감싸서 볏짚으로 두른 후 묶어 주었는데도 혹독한 추위를 견디지 못해서 안타까움이 크다.

올봄에 강화 읍내 묘목상에 들러서 감나무를 3그루 더 샀다. 대봉 2그루에 단감나무 1그루를 5천 원씩 주고 사다가 지난해 죽은 나무를 캐낸 자리에 한 그루를 심고, 다른 두 그루는 공간이 남은 곳에 심었다. 그중에 두 그루는 살아서 여름부터 잎을 내었고, 한 그루는 살아나지 못했다.

항상 내 마음속에 남아 계셔서 나의 삶에 버팀목 역할을 하셨던 아버님께서 봄에 작고하신 후 아버님 생각을 하면서 양지 바른 곳에 홍매화를 심었다. 돌아가신 지 열흘 되던 날, 서울 종로에 나가 꽃봉오리가 맺혀 있는 홍매화를 골라서 뿌리에 흙이 붙어 있는 덩어리째 2만 5천 원을 주고 사다 심었더니 올해 4월 말이 되자 바로 짙은 분홍 꽃이 피어났다. 홍매화가 나에게 아버님을 다시 뵈온 듯한 기쁨을 선물해 준 것이다.

나무도 애정을 가지고 정성을 쏟아야 한다. 물도 주고 봄이 되면 거름도 주어야 한다. 감나무가 죽고 난 후로, 이제는 시간이 되어 태성원에 들를 때마다 물도 주고 있다. 내년 봄에는 양분이 되는 비료도 줄 계획을 하고 있다.

포도나무는 처음에 어떻게 전지를 해야 할지 몰라서 김포에 있는 포도농원에 들러서 기본적인 전지 방법을 배웠다. 전지를 해 주어야 뿌리의 양분이 분산되지 않고 적절하게 열매가 익을 때까지 공급된다고 배웠다. 아직은 서툴지만 내년엔 좀 더 잘할 수 있을 것 같다.

집에 있는 나무 중에서 가장 건강하고 튼튼한 것은 밤나무다. 우리 집 밤나무는 수령이 20년은 되어 보인다. 교산리 마을에서 밤이 제일 먼저 열리는 조생종이다. 작년에서는 꽤나 많은 밤을 수확했었다. 올해도 어린 밤송이들이 열려서 지금 커 가고 있다. 살구나무는 올해 처음으로 몇 개가 열렸다. 계속된 장마로 끝까지 자라지 못하고 도중에 다 떨어졌지만, 내년엔 더 많이 열릴 것 같다. 포도나무에서도 포도가 열려 너무나 풍요로운 정취를 느끼게 한다. 앞으로 3년 정도 지나면 올해 심은 감나무에서도 감이 열릴 것이다. 빨리 빨리 자라기를 기대해 본다.

집 주변 관리

　시골에서 오랫동안 생활을 하지도 않은 시골 생활의 초보자로서 집 주변 관리라는 광범위한 주제를 언급하는 것이 어쩜 적절하지 않을지도 모른다는 생각에 스스로 위축되어 얼른 말문이 열리지 않는다. 하지만 초심자로서 우왕좌왕했던 경험을 함께 공유하는 것이 오히려 새롭게 전원생활을 계획하는 분들께 도움이 될 수 있다는 위안을 하면서 용기를 내게 되었다.

　먼저, 잔디관리다. 잔디는 물만 주면 잘 자라는 편이라 관리가 용이하다. 잔디는 2~3주마다 깎아 주어야 한다. 전동기계를 이용하지 않고 수동기계를 이용하여 깎는 경우에, 잔디가 너무 커질 때까지 손질을 안 해 주면 잔디 잎이 칼날 사이에 끼어 깎기도 쉽지 않고 힘도 많이 소요된다. 잔디는 뙤약볕에서 깎는 것보다는 아침에 해가 퍼지기 전에 깎는 것이 사람도 덜 지치고, 잔디도 밤새도록 휴식을 취한 뒤라 몸을 발딱 일으켜 고르게 손질하는 데 도움이 된다. 깎고 난 잔디는 유실수 주변에 덮어 주면 뿌리 부분의 습도 조절에도 도움이 되고 주변에 풀도 자라나지 않게 하는 1석2조의 효과가 있다.

장마철에는 배수 문제에 신경을 써야 한다. 배수로를 잘 확보하여 물이 잘 흐를 수 있도록 해야 한다. 배수관을 막고 있는 밀려온 토사나, 작년에 남아 있던 낙엽이나, 밤송이 등이 있으면 삽으로 정리하여 물의 흐름을 방해하지 않게 관리해 주어야 한다.

집 주변의 풀은 가능하면 낫을 이용하여 자주 정돈하는 것이 좋다. 풀이 자라서 숲이 될 정도로 덤불이 되면 뱀이 활동하기 좋은 조건이 될 수도 있고, 모기의 서식지가 될 수도 있기 때문이다. 베어낸 잡풀은 퇴비장을 만들어 한 곳에 모아 두었다가 내년에 그곳에 호박을 심으면 그 거름으로 인해 잘 자라서 튼실한 호박이 많이 열릴 것이다.

가을철에는 휘날리는 낙엽을 모아 두면 도움이 된다. 마대자루에 담아서 모아두었다가 봄철에 밭을 일구기 전에 밭에 놓고 태워 흙과 섞으면 천연 거름이 되기 때문이다. 가을 동안 떨어진 밤송이도 모두 모았다가 재로 만들어 거름으로 활용할 수 있다. 단지, 태울 때는 별안간 불어오는 바람으로 화재의 염려가 있으니 각별한 주의가 요구된다.

시골에서 사용하고 남은 쓰레기로 처음엔 고민을 하실 수도 있다. 하지만, 마을마다 재활용쓰레기를 내놓을 수 있게 정해진 날을 미리 숙지하고 이날을 활용하면 된다. 내가 사는 마을에서는 일요일에 내 놓고, 월요일에 수거하는 것으로 알고 있다. 그러나 나의 경우 플라스틱이나 알루미늄 캔 같은 것은 돌아오는 차에 담아서 서울로 가지고 와서 재활용쓰레기를 수거하는 날 내 놓곤 한다.

한번은 부엌에 쥐가 드나든 흔적을 남긴 적이 있다. 쥐가 자신의 배설물을 남겨 놓은 것이다. '어디로 들어왔을까?' 하고 이리저리 찾다가 싱크대 밑에 하수도로 통하는 배관과 싱크대의 물이 내려가는 호스가 연결된 부분에 공간이 남아서 그곳으로 생쥐가 드나든 것 같다는 생각이 들었다. 막는 방법을 궁리하다가 다 먹고 버린 빈 맥주 캔을 잘라서 가운데 구멍을 내어 싱크대 호스를 연결시킨 후 하수도 배관을 덮어 버렸다. 작업을 마무리한 후 몇 달이 지나도록 쥐들의 활동이 잠잠해진 것으로 미루어 아마도 작업이 성공한 것으로 판단된다. 무언가를 갉아야 하는 습성이 있는 쥐라도 알루미늄 소재의 맥주 캔은 쥐의 이빨로 상대하기가 너무 버거운 재질인가 보다.

마지막으로 농기구 정리와 관련된 부분이다. 사람마다 습관이 다르겠지만, 나의 경우는 농기구를 찾기 쉽게 정리해 두고 사용한다. 정리를 해 두면 보기도 나쁘지 않고, 또 급히 필요할 때 찾기도 수월해서 도움이 된다고 생각된다. 시골에 사시는 분들이야 손에서 농기구를 놓을 새도 없이 다시 잡아야 하니까 굳이 정리를 하지 않아도 한곳에 모아 두면 별로 불편하지 않겠지만, 주말주택으로 사용하시는 분들은 농기구를 자주 사용하지 않게 되니 눈에 잘 띄는 곳에 가지런히 정리해 두는 것이 필요할 때 찾아다니는 번거로움을 더는 방법이다. '보기 좋은 떡이 먹기도 좋다'라는 표현이 적어도 주말주택으로 사용하는 분들한테는 적용된다고 믿는다.

05

강화 사는
이야기

시골의 아침

시골생활을 하면서 잊어버렸던 어린 시절 외가의 기억이 떠오른다. 내가 아주 어릴 때 외가를 가는 것은 나에게 커다란 기쁨이었다. 아마 어린 눈에도 외가에서 따뜻한 정을 느끼고 즐겼던 모양이다. 지금은 김포신도시로 변모했지만, 그 당시 외가가 있던 김포는 참으로 시골이었다. 두메산골이라는 표현까진 어울리지 않지만, 하루 몇 번 다니는 버스를 타고 가서 내려서도 족히 30분은 걸어 들어가야 외할머니를 뵐 수 있었다.

외가에서의 기억을 더듬다 보면, '꼬~끼오' 소리로 먼동이 트는 것을 알리던 새벽 닭 소리 기억이 먼저 떠오른다. 외가에 커다란 행사라도 있는 날이 다가오면 어머니는 주로 나를 데리고 행사 전날 외할머니 댁을 방문하곤 하셨다. 아마도 외할머니 생신이나, 외삼촌들의 생일 전날이라고 기억된다. 어머니와 지금은 고인이 되신 큰외숙모님은 서로 만나게 되면 밤이 새도록 그동안 하지 못했던 이야기꽃을 피우던 기억이 새롭다. 잔치 준비로 가마솥에 연실 장작을 피워 달궈진 방 안에 잠자리를 펴고 누워, 잠은 청하지도 않고 '숙향전이 고담'이 될 정도로 도란도란 이야기꽃을 피우셨다. 두 분의 이야기꽃은 먼동이 트기 전 새벽녘이 다가옴을 알리는 새벽닭의 울음소리에, "벌써 날이 밝아 온다"고 하시면서 못다 한 이야기를 뒤로 하고 내일 하루 종일 손님을 치를 생일상 준비를 위해 잠시라도 눈을 붙여야 한다고 하시며 잠을 청하시던 모습이 지금도 정겹게 되살아난다.

도시의 아침이야 자명종으로부터 시작되지만, 시골의 아침은 새벽 닭의 울음소리로부터 시작된다. 새벽 닭이 천연 자명종인 셈이다. 옆집 할머니 댁에는 몇 마리인지는 몰라도 닭을 키우신다. 잊고 지내던 옛 추억을 다시 떠올리게 하는 시간이다. 동이 트기 전 닭들은 어김없이 '꼬~끼오' 기상나팔을 분다. 새벽 닭의 울음소리를 오랜만이란 다시 들으니 정겹다.

새벽 닭의 울음소리가 지나고 나면 먼동이 밝아 온다. 시골의 아침이 시작된 것이다. 동이 트면 이웃할머니들은 밭으로 나오신다. 풀도 뽑고 밤새 자란 작물을 살피신다. 이미 밭으로 나오신 할머니들끼리 밤새 안녕이라고 서로 아침인사를 나누는 음성이 들린다. 대화의 주제는 밤사이 자란 작물과 마을 소식에 관한 내용이다. '밤새 고라니가 고추 잎을 모두 따먹었네', '밤새 무가 많이 자랐네', '아랫마을 ○○네는 서울 사는 둘째아들이 어제 다니러 왔다네' 등…. 도시에 사는 사람들이 헬스장에서 아침운동을 하고나서 텔레비전에서 전해 주는 고향소식을 듣듯이, 이곳에 사시는 분들은 새벽 밭에 나와 아침운동과 동네소식을 동시에 해결한다.

고요함에 둘러싸인 아침이라서 마을 분들이 나누는 대화가 태성원 안방까지 전해진다. 혹시라도, 새벽 잠자리를 털고 일어나지 못하는 나의 모습이 '도시인들의 표본(?)'으로 비춰질지도 모른다는 두려움에 벌떡 일어나 밖으로 나선다. 안마당 잔디에 아침 이슬이 촉촉이 내렸다. 장미의 꽃잎에도 영롱한 이슬방울이 맺혔다. 밤새 이슬을 머금고 더 싱싱해진 장미를 살피다가 장미 잎사귀 위에 앉아서 늦잠을 자고 있는 조그만 청개구리를 발견했다. 청개구리는 장미 잎 위에 올라앉아, 장미꽃잎을 지붕 삼아 평화롭게 아침잠을 즐기고 있었다. 마치 엄마 품 안에서 젖을 물다 고이 잠든 어린아이 모습처럼… 인간이 만든 소음이 없는 자연의 소리만 남겨진 시골 아침에 고요함만이 아침 햇살을 따라 흐른다.

사실 어젯밤에는 잠을 설쳤다. 아직 더위가 남아 있는 계절인데도, 이곳에는 시원스러운 밤공기가 내려 깊은 잠을 청할 수 있게 해 준다. 그런데 어제의 상황은 조금 달랐다. 밤새 강아지가 우는 소리 때문에 잠을 이루지 못했다. 강아지가 울었다기보다는 보챘다는 표현이 정확한 표현일 것 같다. 아마도 뒷집 할머니가 이제 막 젖을 뗀 강아지를 얻어 오신 모양이다. 제 어미의 품속이 그리워서인지 밤새도록 깽깽 대고 보채는 소리가 들렸다. 따뜻한 품속과 꿀맛 같던 젖은 온데간데없고, 까칠하게만 느껴지는 밥알을 주니 이 강아지가 자신이 처해진 현실을 이해할 리 만무하다. 어쩔 수 없이 굶주리다 배고픔에 지쳐야 까칠하게 느껴지는 밥알에 혀를 대게 될 것이다. 그때까지는 시간이 걸릴 것 같다. 빨리 강아지가 밥을 먹을 수 있어야 나도 깊은 잠을 청할 수 있을 텐데 말이다.

　텔레비전 방송에서 인기를 누리던 개그 프로에 '소는 누가 키우는데~ 소는?' 하며 하이톤으로 목청을 돋우는 남자 개그맨이 있었다. 그의 가부장적인 고(高)자세와 익살스러운 표정이 인기의 비결이었다고 생각된다. 그 말과 억양이 하도 재미있어서 나도 시기 적절할 때 그의 말과 표정을 빌려 좌중에게 웃음을 선사한 적도 있다. 시골의 아침풍경에서 빼놓을 수 없는 것이 '음매~' 하면서 밭을 갈러 나가는 소의 모습과 그 뒤를 따르는 송아지의 모습일 것이다. 아쉽게도 교산리에서는 밭 가는 소의 모습을 볼 수 없다. 농사일도 이제 기계화되다 보니 경운기나 트랙터가 밭 가는 일을 대신한다. 아쉬운 마음을 달래려고 권농가를 불러 본다.

권농가(勸農歌)

남구만33)

동창(東窓)이 밝았느냐
노고지리 우지진다.
소치는 아이는 상기 아니 일었느냐
재 너머 사래긴 밭을 언제 갈려 하나니

---

33) 조선 후기의 문신. 선생의 호는 약천(藥泉)이며 고향은 충남 홍성이다.

태풍 '무이파'와 콩밭

　한줌의 햇빛도 보여주지도 않고, 일주일이 넘게 계속된 장마 기간에도 텃밭에서 자라던 고추와 오이는 잘 버텨주었다. 밭은 물을 흠뻑 머금어 지반이 연약해졌기에 지지대를 세워 묶어주고, 뿌리부분에 흙을 돋다 밟아 주는 것으로 보살핌을 마무리해 놓고 지난번 서울로 돌아왔었다.

　태풍 '무이파'가 제주도의 방파제를 강타하였다는 소식과 그 영향권이 점차 서해안을 따라 올라오고 있다는 뉴스가 나온다. 뉴스를 듣고 '태성원'[34]에 대한 걱정이 앞선다. 발길을 강화로 재촉하게 된다.

　서울에서 출발하여 한 시간 동안 달리는 자동차 앞 유리에 세차게 부딪치는 강한 바람과 빗줄기는 나의 마음을 더욱 재촉하게 하였다. 도착해 집의 주차장에 들어서면서 나의 시선은 반사

---

34) 앞의 각주 1)에서 설명한 바와 같이 우리 집의 당호(堂號)이다.

적으로 주차장 옆에 있는 콩밭에 가 있었다. 그동안 잘 자라던 콩들이 태풍 무이파가 몰고 온 바람의 영향으로 중심을 잃고 어린 콩 줄기들이 바람이 몰아칠 때마다 '살려줘요' 소리를 연발하며 뿌리만 움켜쥔 채로 이리저리 휘둘리고 있었다. 긴 머리소녀의 머리카락이 바람의 방향대로 이리저리 휘날리는 것 같았다. 이것만이 아니었다. 지난 주말에 올해 김장용 배추와 무를 심을 요량으로 시간을 내어 밭을 잘 정리한 후에 검은 비닐로 씌워 놓았었는데, 그 비닐도 벗겨져서 바람 따라 이리저리 춤을 추고 있었다. 서둘러 주차를 하고 아내와 나는 허둥지둥 간편한 복장으로 옷을 갈아입고 창고에서 호미와 괭이를 챙겨 밭으로 나갔다. 밭의 물고랑을 정리하고, 쓰러진 콩 줄기를 하나하나 일으켜 세우고 뿌리 부분에 흙을 돋우어 발로 밟아 주었다.

지난해에도 이맘때까지는 콩을 잘 키웠다. 그런데 예기치 않게 마을 뒷산에서 내려온 고라니들이 콩잎과 줄기를 모두 따먹는 바람에 콩 농사를 망친 경험이 있다. 작년 6월 27일 콩을 파종하던 날, 설레는 기분으로 처음으로 밭에 날콩을 세 알씩 넣었다. '과연 싹이 잘 날까?' 하는 초보 농사꾼의 걱정과 기대를 저버리지 않고 콩은 여린 싹을 내고, 잘 자랐다. 하지만, 하룻밤사이 잘 자라던 콩잎과 줄기를 고라니 가족의 식사로 바쳐야 했다. 아쉬움이 매우 컸다. 매스컴을 통해서 볼 수 있던 소위 '고라니와의 전쟁'이 이곳 교산리에서도 시작된 것이다. 그래서 올해는 고라니가 접근을 하지 못하도록 비용을 들여서 그물망까지 설치해놓고 더 많은 애정을 쏟아왔던 터이다.

쓰러진 콩을 일으켜 세우는 작업을 마무리하고 나니 비와 땀으로 옷이 흠뻑 젖어 있었지만, 마음만은 기쁘고 행복했다. 이것이 농부의 마음인 농심(農心)일까? 보살펴 주어야 하는 자식에 대한 후원을 아끼지 않는 부모의 마음처럼 자라날 농작물에 대해 나의 책임을 다한 후 느끼는 기쁨 때문인지, 아니면 가을에 보게 될 수확의 기쁨을 미리 머릿속에 그리게 되어서인지는 몰라도 기쁜 마음을 가슴에 담아 넣는다.

　얘들아, 콩들아! 쏟아준 정성만큼 무럭무럭 잘 자라야 한다. 알았지?

겨울을 준비하는 개미

예년과 달리 시도 때도 없이 지속된 장마와 폭우로 인하여 올여름은 어떻게 갔는지 잘 기억이 나지 않는다. 나의 기억 속에 확실한 것은 8월 중순까지 맑은 해를 본 날이 없었던 것 같다는 생각이다. 이런 이유로, 올여름 빙과 업계와 수영복 업계의 매출이 신통치 않아 울상이라는 신문의 보도도 있었다. 비록 장맛비 속에 잠겼던 여름이었지만, 오묘한 삼라만상의 변화는 지루하기만 했던 여름의 장마를 뒤로 하고 새로운 시작을 알리는 신호를 보내오고 있다. 아침저녁으로 부는 바람이 한결 신선해진 것 같다.

달력을 보니, 모기의 입도 삐뚤어진다[35]는 절기인 처서(處暑)[36]가 다가오고 있다. 참으로 옛 선인들의 지혜와 해학이 묻

---

35) '처서가 지나면 모기도 입이 삐뚤어진다'는 우리 속담은 처서가 지나면 '풀도 울며 돌아간다'는 속담과 같은 맥락에서 사용되고 있다.

36) 처서는 24절기 중 열네 번째에 해당하는 절기로 입추(立秋)와 백로(白露) 사이에 드는 양력 8월 23일 무렵을 말한다. 개념적으로는 여름의 더위도 가시고 신선한 가을을 맞이하게 된다는 의미

어나는 표현이라고 생각된다. 서울생활을 하는 동안에는 별다른 의미 없이 받아들였던 조상들의 모습이 이곳 농촌생활을 가까이하면서 새롭게 그 의미를 찾을 때가 자주 있다. 도시에서의 삶과는 달리, 농촌의 생활은 절기를 많이 사용하고 있다는 점이다. 특히 파종은 절기에 맞춰 이루어지고 있다. 조석으로 선선한 바람이 불어오면 새로운 절기가 다가옴을 파악하고, 이런 절기엔 어떤 농사활동을 해야 할까 하고 고심했던 옛날 농부들의 모습이 문득 느껴지게 된다.

'차가운 바람이 불면 겨울 또한 멀지 않으리'란 생각에 가을 내내 땀을 흘리면서 겨울을 준비하던 개미처럼 처서가 다가오면 겨울김장용으로 쓸 배추와 무를 심어야 하는 시기가 된 것이다. 며칠 전, 도시에서 생활하는 아들이 집을 방문한 틈을 타 배추와 무를 이미 심으신 옆집 할머니께서는 우리한테도 배추와 무를 심을 때가 되었다고 벌써부터 성화시다. 드디어 우리 집도 오늘 김장용 배추와 무를 심는 날이다. 수첩을 살펴보니 작년과 재작년 모두 8월 23일인 처서에 배추와 무를 심었었다. 주말시간에 일정을 맞추다 보니 올해는 작년과 비교하여 3일 빠르게 배추와 무를 심는 셈이다. 주말이 되는 토요일 오늘, 아침부터 나의 마음과 몸은 이미 강화에 와 있었다.

바둑에 복기(復棋)라는 표현이 있다. 바둑을 즐기시는 분들이

로, 처서가 지나면 풀이 더 이상 자라지 않기에 논두렁 풀을 깎고, 산소를 찾아 벌초를 하는 시기이기도 하다. 옛날의 선비들은 이시기에 여름 장마기간에 젖은 옷이나 책을 말리기도 하였다. [참고: 한국세시풍속사전]

자주 사용하는 표현이다. 바둑을 한 판 마무리한 후에 더 나은 실력을 위하여 그날 있었던 바둑을 더듬어 보면서 자신이 범했던 실수를 되새기며 새로운 묘수를 찾는 시간을 의미한다. 아직도 농사일이 몸에 배지 않은 나는 아침부터 배추와 무를 심는 일의 순서와 하는 방법을 머릿속에 그리고 있었다. 상상의 맥이 끊기면 작년에 적어 놓은 농사일지와 사진첩을 번갈아 뒤져 보고 대조하면서 혹시라도 잊었던 기억을 다시 현실로 돌려놓는 소위 바둑으로 말하면 복기를 하고 있던 것이다. 작년에 농사를 지으며 했던 실수를 줄여 올해 더 풍성한 가을 수확을 하겠다는 꿈을 안고서……

주말, 서울에서의 생활을 빨리 마무리하고, 오후 4시경 우리의 발길은 강화를 향하여 달리고 있었다. 오늘의 계획은 강화읍내에 들러서 배추모종을 구입해 땅거미가 밀려오기 전에 구입한 배추모종을 텃밭에 옮겨 심는 작업을 마무리하는 일정이다. 평소 거래하던 강화읍내 ○○종묘사에 들러 배추 모종을 구입하였다. 한 판37)에 7천 원 달라는 것을 너무 양이 많아서 한 판을 모두 구입하지 못하고, 나누어서 8줄(56개의 모종)만 4천 원을 주고 구입하였다. 배추모종은 옆집 할머니의 말씀대로 노란배추 모종을 구입하였다. 어젯밤에 이미 나의 농사일에 관해 멘토 역할을 하시는 할머니께 전화로 문의를 드렸던 터였다.

강화읍에는 48번 도로를 따라서 모종을 구입할 수 있는 농약

---

37) 한판은 플라스틱재질로 만들어진 모판위에, 가로 8개의 모종씩 13줄로 구성되어 총 104개의 모종이 자라나고 있다.

사가 네 곳이나 되는 것으로 알고 있다. 이들 농약사에서는 종묘를 같이 취급하고 있기 때문에, 필요한 때에 원하는 모종과 씨앗을 구입하는 데에는 어려움이 없다. 종자 씨앗의 경우는 서울 종로에 있는 종묘상에서도 구입할 수 있겠으나, 모종의 경우에는 이송하는 데 드는 시간으로 지체될 수도 있기에 밭에 가까운 현지에서 구입하는 것이 도움이 된다고 생각한다.

김장용 배추와 무를 심기위해 콩이 자라는 텃밭 옆 편에 이미 밭을 정리해 놓았었다. 풀이 자라나는 것이 두려워 검은 비닐로 덮어 놓았던 밭의 비닐을 벗겨내고 배추가 쑥쑥 자라기를 바라는 마음으로 복합비료를 시비하였다. 그리고 배추의 뿌리가 튼튼하게 자라나도록 붕소38)도 함께 넣은 후 밭을 삽으로 다시 뒤엎은 후39), 골을 다시 정리하여 검은 비닐을 다시 씌웠다40). 지난번 실수로 낭패를 보았던 경험을 바탕으로 이번에는 검은 비닐이 바람에 날리지 않도록 끝부분을 흙 속에 단단히 묻어 주었다. 모종을 옮겨 심을 준비가 드디어 마무리된 것이다.

벌써 해가 서산을 넘고 있었다. 서둘러서 **20cm** 간격으로 구멍을 내고 구멍마다 모종의 연약한 뿌리들이 물을 흡수할 수 있도록 물을 먼저 넣어 주었다. 플라스틱 모판 위에 있는 모종을 하나하나 꺼내어 물이 스며든 구멍에 넣고 심어 주면서 뿌리 부

---

38) 붕소는 식물성장에 없어서는 안 될 필수요소로 붕소가 부족하면 배추는 뿌리의 성장이 더뎌져 전반적인 성장이 느려지고, 잎도 갈라지는 증세를 보이게 된다.

39) 땅을 뒤엎는 이유는 시비된 비료와 흙이 잘 섞이도록 하는 목적이 있다.

40) 검은 비닐을 씌운 이유는 잡풀이 자라는 것을 방지하고 아울러 토양이 적절한 수분을 유지할 수 있게 도움을 주기 위함이다.

분은 부드러운 흙을 이용하여 다시 돋아서 눌러 주었다. 서툰 솜씨로 작업을 해서인지, 작업을 마무리하고 나니 벌써 8시 30분이 지나고 있었다. 평소에 쓰지 않던 자세와 근육을 활용해서인지, 허리도 아프고 이마와 등에는 땀이 흐르고 있었으나, 마음만은 밀려오는 행복함으로 채워져 있었다. 행복함에 감사하게 되니, 문득 밀레의 '만종(晚鐘)' 그림 모습이 나의 머릿속을 스친다. 저녁노을이 지는 들녘에서 부부가 고개를 숙인 채 기도를 하듯, 지금 나도 배추가 잘 자라나기를 애틋한 농심(農心)의 마

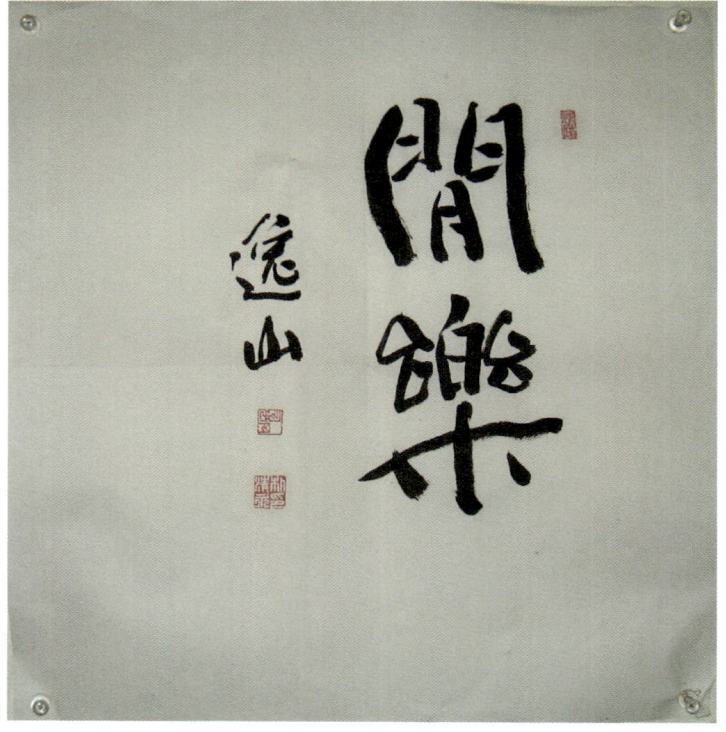

음으로 기도한다.

강화읍에서 우리 집으로 시집온 연약한 어린 모종들이 밤사이에 원기를 회복해서, 내일 한낮의 뜨거운 열기에도 타지 않고[41] 잘 견딜 수 있기[42]를 바라는 마음을 가슴에 담는다. 농기구를 챙겨서 집 안으로 향하는 동안에 이마에 맺힌 땀을 어둠속 가을을 느끼게 하는 차가워진 바람이 식혀 주고 있었다. 행복으로 채워진 마음에 콧노래가 나온다. 시원하게 샤워를 마무리하고 대청마루에 앉아서 텃밭에서 딴 유기농 오이와 고추를 안주 삼아 강화 고향막걸리를 한 사발 즐기는 이 기분을 누가 알랴? 대청마루에 걸려 있는 일산(逸山) 선생님이 주신 '한락(閒樂)[43]'이란 글귀가 나를 내려다보고 있다. 지금 이 순간 내가 느끼는 이 기분을 대변해 주고 있는 것 같다.

---

41) 첫해 가을, 배추모종을 옮겨서 심는 작업은 아침 일찍 동이 트자마자 오전 5시경에 모종을 하였는데 오후가 되자 뜨거운 햇볕을 견디지 못하여 잎이 말라서 죽어 버리는 경험을 했었다.

42) 작년에는 비가 연속 오는 흐린 날이 지속되었던 관계로 100% 생존했지만, 재작년에는 100개의 배추모를 옮겨 심었는데, 한낮의 뜨거운 햇살로 3일 만에 3개, 그리고 일주일 만에 5개의 모종이 말라죽어 성공률이 92%로 떨어진 경험을 가지고 있다.

43) 한락(閒樂)이란 한가로이 즐긴다는 의미로 사용되었다.

'농자천하지대본'에 대한 잡념

    산업화가 진행되기 이전의 농경사회에서는 국가차원에서 뿐만 아니라 개인의 차원에서도 농사는 매우 중요한 경제행위였음이 틀림없다. 농사짓는 사람을 하늘 아래의 커다란 근본이라고 일깨운 '농자천하지대본(農者天下之大本)'[44]이라는 말에서도 살필 수 있듯이, 충분한 식량의 생산은 국가나 개인의 부를 결정짓는 요인이었던 것이다.

    군주는 항상 백성들이 굶주리지 않고 나라의 안녕이 유지되기를 바라는 마음을 가지고 있었고 이러한 마음은 가뭄이 계속되어 농작물의 파종이나 성장이 어렵게 되면 비를 내리게 기원하는 '기우제'나, 풍년을 기원하던 '풍년제'로 표현되었으리라. 산업화 시대를 겪으면서 우리가 살아온 70년대와 80년대에 정

---

44) 농자천하지대본은 '농사짓는 사람이 하늘 아래의 가장 큰 근본'이라고 해석이 될 수 있다. 또한 좀 더 깊이 있는 해석으로 올바른 농사를 하기 위해서는 절기에 대한 이해가 앞서야 하기 때문에 계절의 흐름을 깨달은 자가 천하의 근본이라고 해석이 가능하다. 즉, 시간의 흐름을 깨닫는 자가 모든 일을 하는 데 있어서 제일 중요하다고 해석할 수도 있다.

부차원에서 시행되고 장려되었던, '물산장려운동'이라든지, '수출장려지원책'도 알고 보면 현대판 기우제이고 풍년제란 생각이 든다. 비록 시대는 달랐어도 그 속에 숨어 있던 나라님의 마음은 국가와 백성이 부유해지고 평화롭기를 바란다는 관점에서 한 가지로 동일했으리라.

농업의 중요성에 대한 비중은 우리 조상들이 바라보았던 직업관을 통해서도 살필 수 있다. '사농공상(士農工商)'이라는 표현에서 알 수 있듯이, 신분사회가 유지되던 조선시대에 농사짓는 일에 종사하는 사람의 신분은 선비 다음으로 중요하게 여겨지고 존중되었던 것이다. 유추해 보건대, 그 시대에 농업에 종사하는 사람들이야말로 산업화 시대인 1970년대와 80년대의 '수출전사'에 해당되며, 부가가치가 높은 산업이 중시되는 오늘날에는 금융, 반도체, 그리고 정보통신 산업에 근무하는 '산업의 역군'이었음에 틀림없을 것이다.

70년대를 지나면서 우리나라는 급속한 산업화의 물결 속에 농촌의 젊은 인력들이 도시로 이동하는 현상을 겪었고 이런 추세는 그 이후 30여 년 동안이나 계속되어 왔다. 얼마 전 경상도의 시골마을에서는 아기의 울음소리가 사라진 지 오래되어 듣기 어려웠는데, 도시에서 아이를 가진 젊은 세대가 이사를 오니깐 마을의 할머니들이 아침마다 어린아이를 보기 위해 이 집을 방문한다는 내용이 공중파 텔레비전을 통하여 시청한 적이 있다. 또한, 시골의 어떤 마을에서는 예순 살이 넘어도 마을의 청년으로 취급당하여 마을 노인회에는 가입도 못한다는 소식도 들린다. 그동안 매스컴을 통해서만 보고 알고 지내던 일들이, 이곳 생활을 하면서 현실 속에서 이런 현상을 직접 피부로 느끼게 된다.

태성원이 있는 강화군 양사면 교산리도 예외는 아니다. 마을에서 생활한 지 벌써 3년이 되어 가지만, 마을에서 젊은 사람을 만나기란 쉽지 않다. 이 마을에는 우리 집과 서로 왕래가 잦은 이웃이 다섯 집이 있다. 그중에서 한 집은 도시에서 은행업에 종사하시는 분이 주말주택으로 이용하는 집이고, 나머지 네 집은 원래 마을 주민들의 집이다. 하지만 네 집 모두 할머니들과 할아버지들만 거주하는 집이다. 이분들의 연령이 모두 70세를 넘기신 분들이고 보니 농촌지역에서의 고령화 현상은 우리나라의 한정된 지역에 국한된 내용이 아니고 우리나라 농촌의 전역에서 벌어지고 있는 현상이란 생각이 든다. 물론 정책 당국에서 여러 가지 사항을 고려하여 이를 보완할 수 있는 정책을 준비하고 있으리라고 생각은 되지만, 머지않은 장래에 우리나라 시골이 공동화되지 않을까 하는 마음이 앞선다.

강화군에서 마을과 접한 조그만 도로를 운전하다 보면, 실제로 아무도 살지 않아서 폐가처럼 변해버린 집들을 가끔 목격하게 된다. 시골의 집들이란 사람이 살면서 관리를 해야지, 사람이 살지 않고 방치해 두면 얼마 지나지 않아서 흉물스럽게 변하기 십상이다. 겨울 동안 많은 눈이 내려서 그 무게를 지탱하기 힘들다든지, 여름 동안 집중호우가 기승을 부려 지붕에 조그만 누수라도 생겼다든지 하면 바로 손을 봐야지 그렇지 않고 잠시라도 방치해 두면 회복하기 어려운 커다란 낭패로 이어질 수도 있기 때문이다.

　시골마을들이 머지않은 장래에 공동화되지나 않을까 하는 나의 걱정이 기우(杞憂)가 되기를 바라는 마음으로 나의 사견을 한 가지 밝히고자 한다. 내가 태성원을 구입한 후로 주변 분들도 농가주택을 구입하고 싶어 하시고, 또 오가다가 마을에서 괜찮은 집이 나오면 소개를 부탁하시는 분들도 생겼다. 이와 같이 나의 주변에도 시골의 농가주택을 구입하여 5일은 도시에서 그리고 주말 2일은 농촌에서 생활하는 5도2촌(5都2村)의 생활을 꿈꾸는 분들이 꽤 된다. 삶의 질을 중시하는 추세 속에서 자연 속에서 삶의 여유를 찾고자 하는 욕구는 앞으로도 점점 더 늘어나리라 생각된다. 자연을 즐기려는 분들 중에서 경제적으로 충분한 여유가 있다면야 전원주택을 구입하거나, 토지를 구입하여 본인이 구상한 대로 멋진 전원주택을 건축하면 될 것이다. 하지만 예산이 넉넉하지 않은 경우에는 농가주택을 구입한 후 집을 수리해서 사용하게 되면 재정적인 부담을 줄일 수 있기 때문에 농가주택에 대한 수요는 앞으로 더 많아지리라 예상된다.

　늘어나는 욕구에 부응하여 혹시라도 정책적인 차원이나, 제도적인 차원에서 다시 정비해야 할 사항이 남아 있는 것은 없을까? 늘어나는 수요에 부응해 농촌을 활성화시킬 수 있는 촉매제와 같은 정책적 배려가 필요한 부분은 없는가? 주제 넘게 이런 생각을 혼자 해 보았다. 사실 나는 태성원을 구입할 당시 실수요자로서 이와 유사한 문제로 잠시 골머리를 앓은 적이 있기 때문이다. 태성원을 구입하기에 앞서, 나는 법무사와 세무사를 통하여 최종적으로 법률적인 부분과 세무적인 부분에 대한 자문을 받을 기회를 가졌다. 그런데 예기치 않게도 그 당시 구입가격이 그리 큰 금액이 아니었음에도 불구하고 양도세 중과의 대상이 된다는 말을 세무사에게 전해 듣고, 구입에 대한 결정을 선뜻 내리지 못하고 잠시 구입을 망설였던 기억이 떠오른다.

　제도적인 관점에서 보면, 수도권의 일부지역에서 농가주택을 구입하게 되면 1가구 2주택으로 간주되는 지역도 있으니 조심할 필요가 있다. 물론 강화군 지역도 군 단위의 농촌지역임에도 불구하고, 행정구역상 인천시에 편입되어 있어서 1가구 2주택으로 간주되어 주택을 양도하게 될 때에는 중과세의 대상이 된다. 투기의 대상으로 간주되는 1가주 2주택에 해당되지 않으려면 서울에서 멀리 떨어져 있는 지역의 농가주택을 구입하면 된다. 하지만 운전거리가 1시간을 훨씬 넘는 지역에 집을 구입하게 되면, 주말에 이동하는 동안 교통이 막히는 도로 속에 갇히게 되어 왕복운전으로 몸이 녹초가 될 수 있다는 점도 살피는 것이 좋을 것 같다. 특히 중년기 이후에는 매년 다르게 나이가 들수록 행동반경이 줄어들 수도 있다는 점도 염두에 둘 필요가 있다. 너무 멀리 위치해 있기 때문에 점차 찾는 횟수가 줄어들게 되어 주말주택으로서의 활용가치는 떨어지고, 일 년에 몇 차례씩 집을 보수해야만 하는 의무사항만 늘어나게 되어 주말주택은 결국 애물단지로 전락되기 십상이다. 이렇게 되면 얼마 지나지 않아서 농가주택은 다시 폐가가 될 위기에 놓일 수도 있다.

따라서 농가주택을 구입하는 실수요자들을 투기세력이라는 색안경을 끼고 보는 관점에서 접근하기보다는 공동화될 수도 있는 농가주택을 도시인들이 와서 자신의 재원으로 수리를 하고, 주말주택으로 활용하여 변모시킬 수 있다는 관점에서 접근하는 발상의 전환이 정책에 반영되었으면 하는 것이 개인적인 바람이다. 실수요자에게는 도움이 될 수 있도록 제도적인 보완이 이루어진다면, 농가주택은 치열한 경쟁사회에서 지친 도시인들에게는 주말동안 심신의 피로를 풀며 활력을 되찾을 수 있는 공간이 되고, 그리고 고령화되어 가고 있는 시골에는 젊은 사람들이 모여들어 마을에 활기를 불어넣을 수 있는 공간으로 다시 살아날 수 있다는 생각이 든다. 단절되었던 도시와 농촌에 사람의 발길이 이어지는 교류의 장으로 다시 태어날 수 있지 않을까?

굳~세어라 잡초야!

　학창시절 역사시간을 통하여 우리나라 삼국시대에 대해 공부를 많이 하였지만 이제 나이를 더함에 따라 그때 공부했던 내용들이 가물가물할 때가 많다. 하지만, 그때 배운 세세한 내용이나 역사적 사건들이 뇌리 속에서 가물거림에도 불구하고, 절대로 잊히지 않는 확실한 내용이 하나 있다. 바로 선생님께서 자주 강조하셨던 내용인데 바로 '한강을 지배하는 나라가 한반도의 패권을 차지했다'는 부분이다. 고구려와 백제, 그리고 신라가 한반도에서 패권을 다투기 위해 여러 차례의 싸움이 계속 되었지만, 싸움의 내용을 들여다보면 결국 한강 유역을 차지하기 위한 싸움이었다.

　눈을 돌려 인류의 역사를 보아도 유사한 점을 발견할 수가 있다. 인류 문명의 발상지라 불리는 곳들의 입지조건도 같은 맥락에서 보면 될 것 같다. 나일 강을 기반으로 일어난 이집트 문명이나, 황하 강을 배경으로 했던 중국의 문명, 유프라테스 강과

티그리스 강을 중심으로 했던 메소포타미아 문명, 그리고 마지막으로 인더스 강을 배경으로 했던 인더스 문명까지 고대 문명의 발상지들은 강을 확보하였다는 공통점을 가지고 있다. 강이 있어야 퇴적물이 쌓여서 만들어낸 비옥한 토지를 확보할 수 있었고, 비옥한 토지는 풍요로운 농산물의 생산을 기약할 수 있었기 때문이리라.

이런저런 생각을 하다가 나는 엉뚱한 생각을 해 본다. 그렇다면 농사를 잘 짓기 위해서는 무엇이 필요할까? 햇수로 3년에 접어든 초보농사꾼의 경험으로 나는 이런 말을 서슴없이 남기고 싶다. '농촌에선 풀을 지배하는 자가 농사를 잘 짓는 농부다'라는 말을 할 수 있을 것 같다. 매일매일 이어지는 농촌 생활은 삶 자체가 바로 풀과의 전쟁이다. 농사의 절반은 풀과의 전쟁이라 생각된다. 따라서 나의 생각으로는 풀을 지배할 수 있다면 농촌생활의 반은 성공이 보장된 것이나 마찬가지라고 생각된다. 농사일을 경험하는 동안 오죽이나 풀에 시달리고, 지쳤으면 이런 말을 할까? 자고나면 자라는 풀이 나중엔 겁나기까지 하다. 장마 후 햇볕이라도 나면 풀이 자라나는 속도는 정말로 가관이다. 생명에 대한 신비를 느끼기보다는 풀에 지쳐 지겨울 정도다. 풀은 자라는 속도도 무섭지만 그 모진 생명력을 보면 더욱 놀란다. 영양이 풍부한 밭에서 풀이 자라는 것은 너무 당연하더라도 하물며 깨진 시멘트의 틈바구니나, 하다못해 바위틈 사이에서도 풀은 잘 자란다.

인류의 역사에서 가장 오래되고 생명력이 질긴 것이 바퀴벌레라고 한다. 나는 바퀴벌레의 할아버지뻘 되는 것이 바로 풀이라고 생각된다. 생명력에 관한 한 잡초들은 절대로 바퀴벌레에 밀리지 않는다. 마음을 닦으려고 마련된 심 터(心 터)에서 잡풀을 뽑고 또 뽑았다. 뽑다가 지쳐 꾀를 내어 잡풀을 휴대용 부탄 가스통에 토치를 연결한 후 불을 붙여 잎을 모두 태워 죽여본 적도 있다. 타오르는 토치 불을 풀에다 갖다 대면 풀들이 몸을 비틀며 타들어 가는 모습이 마치 춤을 추는 것 같았다. 도대체 풀을 뽑다가 얼마나 지치게 되면, 뙤약볕에 앉아서 풀을 태워 죽일 생각까지 했을까? 태울 때의 즐거움과는 달리 얼마 지나지 않아서 나는 곧바로 나만의 착각을 했던 것을 알게 된다. 비가 내린 후 며칠이 지났을까? 언제 내가 풀을 태웠냐는 듯 대부분의 풀들이 다시 살아나고 있었다. 야~ 정말? 미치겠구나.

나의 경험으로 볼 때, 풀을 제거하는 확실한 방법은 딱 한 가지 방법밖에 없다. 풀을 하나하나 잡고 뿌리째 뽑아서 흙을 털고 햇빛에 말려야 한다. 땅에 뿌리를 내리고 올라오는 잎사귀를 발로 비벼도 보고, 삽을 이용하여 흙을 뒤집어도 보았지만 모두가 소용없는 일이다. 풀은 질긴 생명력으로 틀림없이 그곳에서 다시 살아나고 있었다.

태성원에 온 이후로 마음의 여유를 갈구하던 나의 꿈은 자라나는 풀 속에 묻혀 버렸다. 텃밭이나 앞뜰에서 자라는 풀은 고사하고, 잔디 사이에서 자라는 잡초와 心 터의 풀만을 정리하는 데도 허덕거릴 지경이었다. 비만 오고 나면 쑥쑥 자라는 잡풀이 나중엔 지겨움의 대상으로 바뀌었다.

농사를 지은 지 햇수로 3년이 되면서 꾀를 내기 시작하였다. 그동안 독성이 토양에 미칠 영향을 고려해 극도로 자제해 왔던 제초제를 다시 생각한 것이다. 풀 뽑는 데에 작업시간의 대부분을 투여하던 잔디밭에는 잎이 넓은 잡풀만 제거하는 약한 농도의 제초제를 한번 사용해 보기로 했다. 아내와 의논 끝에 결정한 일인데, 쪼그리고 앉아 하나하나의 풀을 일일이 뽑던 아내의 수고로움을 대신할 만큼 효과가 있을지는 시간이 지나 봐야 알 것 같다. 또 다른 나의 전략은 농촌에서 사용하는 검은 비닐을 좀 더 활용하는 것이다. 초록이란 전원의 색채에 미관을 해칠 수 있어 그동안 자제해 왔지만, 나의 능력으로 풀을 제거하는 데 한계가 있어서 올해는 검은 비닐을 씌우는 공간을 더 넓혀 볼 생각이다.

나와 잡풀과의 전쟁은 아직도 현재진행형이다. 아니 전면전을 치르는 것이 부담스러워 나 스스로 휴전을 선포하고 있는 양상이다. 아니면 전면전 대신에 국지전으로 맞서는 형국이라고나 할까? 전면전을 하기엔 나로선 부담이 될 수밖에 없다. 풀을 제거하는 데 집중하려면, 대신해서 내가 이곳에서 느끼는 삶의 여유를 통째로 내려놓아야 한다. 태성원에서 모든 시간을 지치도록 풀만 뽑는 데 보내고 싶지는 않다. 이 단순한 결론을 얻기까지 3년이란 시간이 걸렸다.

당호(堂號)와 주련(柱聯)

　교산리에 집을 마련하고 시원한 대청마루에 누워, 둥근 달빛 아래서 드러내는 별립산의 전경을 감상하고, 하늘에서 쏟아지는 별을 가슴에 담아 안던 첫 밤의 기억에 파묻혀 벌써 한 달이 훌쩍 지나갔다.

　생각해 보니 오랫동안 나는 별을 잊고 지냈었다. 어린 시절엔 밤하늘을 보면 파란 하늘을 총총히 수놓은 별들 속에서 북두칠성과 황소자리, 그리고 전갈자리의 별자리를 찾으며 보냈던 기억이 있다. 그 후 내가 별을 가까이하게 된 것은 군대생활을 하는 동안이었다. 졸병시절, 전방에서 군대 생활을 하는 동안 야간 보초를 서게 되면 별은 슬며시 내게 다가와 친구가 되어 주었다. 둥그런 달빛이라도 함께 나오는 날이면, 나의 마음은 너무도 쉽게 고향으로 달려가 고향에 계신 부모님과 가족을 만날 수 있었다. 별 속에 우리 가족들의 모습이 있었다. 그때의 별은 사무치는 정과 그리움이 쌓인 별의 모습이었다. 그리고 아주 오랜

시간동안 별을 잊고 지냈다. 가까이할 기회가 없다 보니 보지 못한 별에 대한 아쉬움도 없을 정도로 별에 대한 존재를 아예 잊어버리고 생활했던 것 같다. 나도 모르는 사이 이렇게 수십 년이 흘렀다. 그리고 나는 행복하게도 교산리 태성원에서 잊어 버렸던 별을 다시 찾았다. 별자리만을 찾던 어린 시절의 별과, 그리움이 사무쳐 가족을 만나던 군대생활 동안의 별과는 달리 지금 보는 별은 또 다른 모습이다. 별빛은 너무나 평화롭게, 아름답게만 보인다. 말 그대로 하늘을 수놓은 꽃, 그 자체다.

그동안 틈틈이 집 안의 이곳저곳에서 나의 손길을 기다리고 있던 곳을 수리하면서 보냈던 것 같다. 텃밭의 축대 보수, 쥐가 구멍을 뚫어 놓은 쥐구멍을 막는 시멘트 작업, 그리고 발 디딜 틈도 없이 너저분한 뒤뜰을 정리하는 것과 같이 시급히 손을 필요로 했던 일을 마무리하고 나면 또 다른 자질구레한 일들이 나의 손길을 또 기다리고 있었다. 어떻게 한 달이 지나갔는지 모를 정도이다. 바쁘게 움직인 보람이 있어 초보 농사꾼으로 밭농사도 배워 가면서 김장용 배추와 무도 심었고, 호박과 가지, 그리고 오이를 수확하는 기쁨도 맛보았다. 하지만 이런 일에 매달리다 보니 정작 더 중요한 일을 한 가지 해결하지 못하고 지나가고 있었다. 다름 아닌 집에 이름을 달아주는 일이었다.

물론 그동안 당호와 관련하여 아예 관심이 없었던 것은 아니었다. 당호를 지어야겠다고 마음을 먹고 아내와 같이 이런저런 궁리를 해보았으나 마음에 꼭 드는 이름을 찾지 못하고 있었던 것이다. 우리 집에 꼭 맞는 당호를 찾기 위해서 옥편도 찾아가면서 의미가 통하는 한자를 조합도 해보고 노력을 기울였으나 역시 신통한 답을 얻지 못하고 검토만 계속해오고 있었던 것이다. 공부를 하다 보니, 당호는 주로 ○○원(園), ○○당(堂), ○○재(齋), ○○정(庭)의 형태로 선인들은 많이 사용하여 왔다. 원은 동산이나 별장의 의미로, 당은 주로 집의 이름으로, 재는 서재와 같이 방의 개념으로, 그리고 정은 정자의 개념으로 많이 사용되었던 것 같다고 생각된다.

공부를 하는 동안 기억에 남는 당호로는 자오당(自娛堂)이 떠오른다. 자오당은 역사의 시간을 거슬러올라 고려시대의 생활상과 삶의 모습이 그대로 전해지는 듯해서 앞으로도 가슴에 오래 남을 것 같다. 고등학교 시절에 배운 고려시대의 가전체설화인 '국선생전'에 대한 기억이 있다. 국선생전을 지은 고려시대의 문장가인 이규보[45]가 지은 당호가 바로 자오당이다. 이규보의 규양자오당기[46]에 의하면 좌천되어 간 관사가 너무 허름하여 주변 사람들의 입에 회자되자 이규보 자신이 몸소 나서서 이 관사를 청소를 하고 '나 홀로 즐거운 집'이라는 뜻으로 자오당이라고 당호를 지어 붙이게 된다. 열악한 현실을 있는 그대로 받아들이고 오히려 즐길 줄 아는 이규보의 소박한 마음을 엿볼 수 있는 대목임에 틀림이 없다.

의미 있는 당호로는 열락당(說樂堂)이 기억이 난다. 열락당은

---

45) 공교롭게도 이규보의 묘도 강화에 있다. 강화군 길상면에 있고, 인천시 기념물로 지정되어 보존되고 있다.
46) 『국어교과서 작품읽기』, 창비, 2010, pp.290-293 참조.

논어의 학이(學而) 편에 나오는 글에서 두 자를 빌려다 당호를 만든 것으로 알고 있다. 아마도 열락당으로 당호를 지으면서 틈틈이 배우고, 친구 간에 자주 만남을 가져서 기쁘고 즐거움이 넘치는 집이 되기를 바라는 마음이 담겨 있다는 생각이 든다.

子曰, (공자께서 말씀하시기를)
學而時習之 不亦說乎아
(배우고 때때로 익히면 이 또한 기쁘지 아니한가?)
有朋自遠方來 不亦樂乎아
(친구가 먼 곳에서 찾아오면 이 또한 즐겁지 아니한가?)

이런저런 시행착오를 거쳐서 아내와 나는 우리 집의 당호를 태성원(泰晟園)으로 하기로 했다. 태성원은 나의 이름(泰淳)과 아들의 이름(晟植) 중에서 가운데 자를 하나씩 빌려다 조합하여 만든 것이다. '크게 밝은 동산'의 의미로 별립산을 중심으로 청명한 여름 밤하늘을 대낮처럼 밝히던 교산리의 밝은 달빛의 모습을 당호가 그대로 담고 있어서 의미도 너무 좋다고 생각되었다. 이런 의미에서 당(堂)보다는 차라리 원(園) 자를 빌려 당호를 마무리하였다.

인간의 욕심은 끝이 없다고 했던가? 당호를 마무리하니 주련도 달고 싶은 마음이 발동하였다. 주련은 원래 선인들이 기둥이나 벽에 장식으로 걸어놓고 보던 글귀이다. 지금도 고풍스러운 한옥에 가면 기둥에 붙은 주련을 쉽게 볼 수 있다. 그동안 주련을 볼 때마다 좋은 의미를 마음에 담아두고자 뜻을 풀이도 해보고, 메모도 하곤 했다. 하지만 이럴 때마다, 어려운 한자가 종종 섞여 있어서 해석하는 데 애를 먹을 때도 있었다. 자연을 향하여 외치는 성격을 띠고 있는 주련이 주로 한시의 연구(聯句)로 되어 있어서 어려운 한자도 자주 사용되었기 때문이리라. 정말 큰 어려움은 사찰을 방문할 기회에 마주하는 주련들이다. 사찰의 주련은 단순히 한자의 글 하나하나가 내포하고 있는 의미뿐만 아니라 오랜 역사 속에 담긴 철학적이고 종교적인 의미까지 담고 있어서 그 의미를 깨닫기까지는 배움이 높으신 분들의 도움이 필요할 때가 많았다.

　　나름대로 고민에 고민을 하다가 주련은 추사(秋史) 김정희[47] 선생의 실사구시잠(實事求是箴)에서 댓구 형식의 두 구절을 빌려 오기로 했다. 바로 산해숭심(山海崇深)과 궁리재심(窮理在心)이 태성원에 어울린다는 생각이 들었다. 두 구절 중 한 구절은 자연을, 또 한 구절은 인간에 대한 내용을 담고 있어서 의미로 보아도 괜찮다고 생각이 들었다. 자연을 노래한 부분은 집 앞에 세 겹으로 펼쳐진 별립산과 서해바다를 함께 아우르는 듯했고, 뒤의 구절은 매사가 인간 마음에 있음을 강조한 내용이라서 좋은 가르침이라고 생각되었다. 또한, 자연과 인간이 함께 어울려 자연 속에서 하나 되는 의미로도 받아들일 수 있으니, 이 또한 좋다고 생각되었다. 기쁜 마음에 당호와 주련의 제작을 바로 의뢰했다.

---

47) 조선 중기의 실학자이며 서예가로 추사체를 완성하였다.

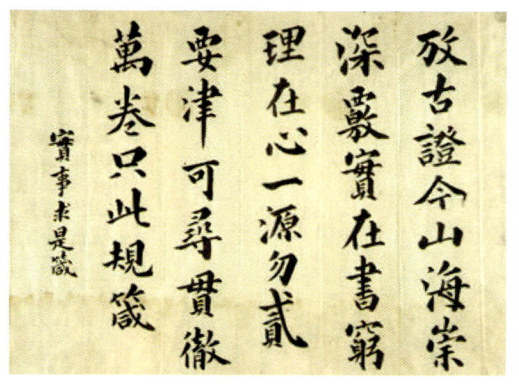

김정희(金正喜, 1786~1856), '실사구시잠'[48]

攷古證今 (옛 것을 상고하여 지금 것을 증명했으니)
山海崇深 (산처럼 높고 바다같이 깊도다)
覈實在書 (사실을 조사함은 책에 있고)
窮理在心 (이치를 궁구함은 마음에 있네)
一源勿貳 (한 가지 근원을 둘로 나뉘지 말아야)
要津可尋 (중요한 나루를 찾을 수 있다네)
貫徹萬卷 (만 권 서적을 관철하는 것은)
只此規箴 (다만 이 실사구시잠에 있다네)

　제작된 당호와 주련을 가지고 태성원에 가지고 와서 멋지게
걸었다. 당호와 주련을 달고 나니 이제야 집이 생명력을 얻는
것 같은 느낌이 들어 좋았다. 살다 보면 우리는 형식과 실속이
라는 갈림길 속에서 어떻게 균형을 유지할 것인가? 하는 문제를
놓고 고심하는 경우가 종종 있다. 특히 복잡해지는 현대사회에
서는 형식보다는 실속 쪽으로 무게중심의 추가 이동하는 경향

---

48) 경향신문, '서예가열전', 2006년 12월 22일 기사내용.

이 있기도 하다. 하지만 이번의 경험을 통하여 삶에 있어서 형식도 꽤나 중요하다는 사실을 다시 배웠다. 형식이 중요한 것은 형식 그 자체에 있다기보다는 형식을 통하여 부여되는 의미 때문이 아닐까? 아무튼 태성원의 모습이 과거와 비교하여 살아서 숨 쉬는 듯한 느낌을 갖게 되고 어딘지 모르게 무게감까지 더하게 되니, 집에 더 많은 애착이 간다.

당호와 주련을 달고 나서 얻었던 기쁨은 너무 크다. 하지만 마음의 한구석에선 나도 모르게 섭섭함이 조금씩 생겨나고 있었다. 뭐랄까? 어떤 이온음료의 홍보성 문구와 같이 왠지 몇 % 부족한 느낌이 나를 지배하고 있었다. 비록 아내와 내가 힘을 합하여 당호와 주련을 지어내기는 참여하였지만, 서체와 서각을 하는 과정에는 참여하지 못하여 태성원에 손수 우리의 체취

를 남긴 것이 없다는 쓸쓸함 같은 것이었다. 생각에 생각을 거듭하다가 비록 작고 보잘것없더라도 손수 나의 작품을 태성원에 남겨야겠다고 생각했다. 비록 내가 당호와 주련을 만들 정도의 서예와 서각 실력을 갖추진 못했지만, 그래도 나의 손길이 닿은 작품을 남기는 것이 의미가 있다고 생각되었다. 태성원으로 들어서면 오른편으로 수돗가 옆에는 포도나무가 자라고 포도나무가 타고 오를 수 있도록 만들어준 페르골라(pergola)[49]가 있다. 쓸쓸했던 마음을 보듬고자 이곳에 좋은 의미의 글을 골라 직접 서각을 해서 걸기로 했다.

---

49) 등나무 같은 것이 타고 올라 그늘을 만들 수 있게 만들어준 아치형의 조형물을 말한다. 지붕이 없는 상태를 말한다.

그날 저녁에 적절한 한자를 찾기 위해 옥편과 한동안 씨름한 끝에 드디어 마음에 다가오는 '심 터(心 터)'와 '호연(好緣)'을 찾아내었다. 심 터란 페르골라를 지나면 조그만 텃밭과 옆 마당이 나오는데, 이곳에서 풀을 뽑고 텃밭을 일구면서 나의 생각을 정리하고 마음을 닦겠다는 의미로 그리 정했고, 호연은 이곳을 찾는 분들과 좋은 인연이 되었으면 한다는 바람이 담겨 있다. 지난번 당호와 주련작업을 맡아서 해주셨던 분한테 부탁을 해서 서각용으로 준비해놓은 나무를 얻어다가 아이들이 사용하던 공작용 조각도를 이용하여 서각을 시작하였다. 중학시절, 여름방학 동안 과제물을 제출하기 위하여 잡아본 조각도를 삼십 년이 지난 후에야 다시 잡다 보니 당연히 쉬울 리가 만무했다. 그래도 다행인 것은 어려서부터 손으로 무엇을 만드는 일에 흥미가 있던 터여서 그런지 쉽지는 않았지만, 재미는 있었다. 음각으로 새기는 글꼴이 그 모양을 조금씩 드러내자 기쁨은 약간의 흥분으로 바뀌었다. 한쪽 면을 완성하고 뒷면을 완성하기까지 조금도 흐트러짐 없이 꼬박 앉아서 너무 즐겁게 작업을 마무리하였다. 눈을 들어 시계를 보니 6시간이나 소요되어 한밤중이 되었다. 음각으로 새겨진 글자에 검은 페인트를 칠하니 글자체의 한 획 한 획이 선명하게 살아나 생각했던 것보다 훌륭한 작품이 완성되었다.

당호와 주련을 단 지 정확히 엿새가 되던 날, 드디어 나는 페르골라에 나의 손때가 묻어 서각된 '심터'와 '호연'을 달게 되었다. 내 집에 내손으로 만든 작품을 남기는 순간이었다. 어딘지

모르게 조금 부족하다고 느껴지던 마음의 부분까지 이제는 잔
잔히 넘쳐날 정도로 꽉 채워지는 화룡점정의 시간이었다.

유풍이 되어 버린 빗자루

태성원 대청마루에는 빗자루가 2개 걸려 있다. 하나는 수수 빗자루이고 하나는 방 빗자루이다. 요즘이야 도시건 시골이건 모두가 석유에서 뽑은 플라스틱 빗자루가 세상의 모든 빗자루를 대체하였지만, 내가 어릴 적만 하더라도 이런 빗자루를 보며 자랐다. 수수 빗자루는 마당을 쓸 때 사용하고, 방 빗자루는 방 안의 먼지를 쓰는 데 사용되었다.

이 빗자루는 우리가 돈을 주고 시장에서 구입한 것이 아니다. 이곳에 이사 오면서 뒷집에 사시는 고(高)씨 할아버지께서 손수 만들어 선물로 주신 수공예품이다. 교산리 마을은 고씨 성을 가진 사람들이 모여서 생활해 오던 집성촌 마을이다 그래서 우리 가족 내에서는 이 할아버지를 고씨 할아버지라 불렀다. 우리가 이곳에 집을 마련하고 얼마 지나지 않아, 서산에 해가 넘어가는 한적한 저녁을 이용하여 옆집에 사시는 이웃들을 우리 집에 초대하여 삼겹살을 구워 먹으면서 곡차(穀茶)를 함께 나눈 적이 있다. 이웃분들께 우리 가족을 소개하고 앞으로 잘 부탁드린다는 인사도 드리는 시간이었다. 이날 초대되었던 분들은 모두 할머니들이셨는데, 부부가 함께 해로하시는 고씨 할아버지 댁만이 유일하게 부부가 같이 참석하신 셈이 된다. 이날 밤에 드린 인사가 인연이 되어서 고씨 할아버지와 우리 집은 잦은 왕래를 하면서 서로 정을 더해갔다.

첫해 가을의 어느 날로 기억이 된다. 추석이 가까워 오는 주말 어느 날, 세상의 모든 초보자들이 그러하듯이 나도 마음만 바쁘고 해야 할 일을 놓친 경우가 많았다. 태성원 집 뒤의 풀 제거작업을 소홀히 한 것도 놓친 여러 가지의 일 중 하나가 된다. 일손이 미처 미치지 못해서 그대로 두었던 집 뒤의 풀은 이미 자랄 대로 자라서 덤불을 이루고 있었다. 혹시라도 뱀이 나오지나 않을까 하는 두려움에 덤불을 제거할 엄두를 내지 못하는 나를 보시더니 고씨 할아버지는 예초기를 가지고 오셔서 집 뒤의 풀을 말끔하게 깎아주시는 수고를 아끼지 않으셨다. 감사하기가 이루 말할 수가 없었다. 작업을 하시느라 흘리신 땀을 조금이라도 식혀 드리려고 시원한 맥주를 컵에 따라 권해 드리니 기분 좋게 받아 드시고는 시골생활에 관해서 이런저런 이야기를 두런두런 해 주시는 분이셨다.

우리 가족은 우리가 이곳에 올 때마다 매번 고씨 할아버지를 뵈올 수 있었던 것은 아니다. 부지런하신 할아버지는 어느 때는 논을 돌보러 논에 가시기도 하고, 때로는 할아버지가 아끼는 노란 스쿠터를 타고 노부부가 함께 읍내에 나가실 때도 있다. 할아버지가 외출에서 돌아오실 때면 스쿠터의 부응~ 소리가 조용한 마을에 울려 퍼지면서 마을 어귀에서 구불구불한 마을길을 따라 내려오시는 할아버지의 노란 스쿠터 모습을 발견하곤 했다.

한 해가 가고 두 번째 추석이 다가오는 가을의 주말, 태성원에 들른 아내와 나는 아람이 벌려진 채 뒤뜰에 떨어진 밤을 주우면서 고씨 할아버지와 담장용 펜스를 사이에 두고 얼굴을 마주하고 추억에 남을 대화를 주고받을 수 있었다. 할아버지는 오늘 보이지 않은 우리 딸이 궁금하셨는지 "우리 이쁜이 안 왔어요?" 하시면서 "고놈 참 귀여운데 보고 싶다"는 표현을 하셔서 "추석이 지나고 주말엔 데리고 올게요"라고 답을 드린 기억이 난다.

추석을 서울에서 보내고 주말을 기해 다시 태성원에 들른 우리는 이웃 할머니로부터 참으로 믿어지지 않는 소식을 듣게 되었다. 바로 고씨 할아버지께서 스쿠터를 타고 큰길가에 나가셨다가 무면허 운전자가 운전하는 트럭에 큰 사고를 당하셔서 응급으로 대학병원으로 옮겼으나 결국 운명하셨다는 소식이었다.

너무나 믿기 어려운 충격적인 소식이었다. 바로 며칠 전 웃으시면서 우리 딸의 안부를 물으실 때 나누던 대화가 고씨 할아버지와 우리 가족이 나눈 마지막 대화가 되고 만 것이다. 그날 나눈 대화가 너무 눈에 선해 나도 모르게 두 줄기 눈물이 타고 내렸다. 정말로 참기 힘든 슬픔이었다. 고인에 대한 마지막 예를 갖추기 위해 장례식에 참석은 했으나 모든 사실이 거짓말처럼 느껴졌고, 실감이 나지 않아서 아직까지도 한 편의 연극을 보고 있다는 생각을 지울 수 없다.

계속된 장마로 인하여 방 빗자루에는 곰팡이가 생겨 자루에 곰팡이 포자가 하얗게 생겼다. 수수 빗자루는 괜찮은데 방 빗자루는 습기를 빨아들이는 습성이 있는 것 같다. 할아버지를 생각하면서 이제는 유품이 되어버린 방 빗자루를 해가 날 때마다 바짝 말려주고, 해가 나지 않은 날에는 헤어드라이기를 이용하여 바람으로 말려 주고 있다. 할아버지의 모습을 떠올리면서…….

자연과의 하모니

흔히들 인간을 '만물의 영장'이라고 한다. 당연히 맞는 말이다. 인류의 역사를 보더라도 인간은 두발 보행을 한 이후로 만물의 영장으로 그 지위를 여태껏 유지하여 왔다. 그런데 나는 요즘 인간을 만물의 영장으로 보는 시각에 대해서 동의하고 싶은 마음이 점점 적어진다. 물론 인간을 만물의 영장으로 보는 그 자체를 부정하는 것은 아니다. 인간이 만물의 영장이라는 말은 틀림없는 사실이다. 하지만, 내가 동의하고 싶은 마음이 적어지는 이유는 만물의 영장이라는 개념 속에는 약육강식의 논리가 지배하는 것 같은 냄새가 느껴지기 때문이다.

인류는 만물의 영장이란 특권을 가지고 개발이란 명분을 삼아 산업화를 가속화시켜 왔다. 가속화되는 산업화 속에서 개발을 통하여 때론 이득을 취했는지는 몰라도 자연을 황폐화시켜 온 측면도 있다. 때로는 감시의 눈이 미치지 못하는 곳에서, 때로는 합법적이라는 보호막을 치면서, 지금도 개발은 진행이 되고 있지만 명분 속에 숨겨진 내용은 목전의 이익을 챙기는 것이 우선인 경우가 많다고 생각된다.

할퀴고 상처를 당한 자연이 참고, 인내하고, 견디고 또 견디다 못해 이제 한계를 드러내고 아프다고 울부짖는 소리가 여기저기서 들리고 있다. 더 이상 참기가 힘들다고 내는 고통의 소리인 것이다. 어떤 학자들은 이를 '자연의 반격'이라고 표현하기도 한다. 지난 세기 동안 사용되지 않던 용어들이 새롭게 탄생되고 있다. 온난화 현상, 엘니뇨현상, 기상이변, 폭설과 폭우, 폭염 등….

지난여름, 우리나라도 폭우로 인하여 많은 피해를 입었다. 인명사고도 잇따랐다. '우면산 산사태'는 그 상황을 화면으로 보는 것만으로도 얼마나 무서운지를 실감할 수 있었다. 그동안 자연이 보낸 경고를 무시했던 인간에게 자연의 위력이 어떠한지를 보여주는 듯하다. 자연 앞에서 나약할 수밖에 없는 인간을 보는 것 같아 자연스레 겸손한 마음을 갖게 된다. 우리는 이 사건을 두고 '인재니' 아니면 '자연재해니' 하면서 인간과 자연 중 책임의 소개를 따지는 데 너무 급급한 것 같다. 잘은 모르겠으나, 나의 소견으로는 자연이라는 큰 틀에서 보지 못하고, 아직도 너무 작은 틀에서만 문제를 보는 것 같아서 아쉬움이 많이 남는다.

인간을 만물의 영장이란 지배자적인 관점에서 보기 보다는 이제는 자연 속의 인간으로 남아야 한다는 생각이 든다. 우리 옛 어른들은 이런 생각의 틀 속에서 살아오신 것 같다. 선인들의 지혜가 필요한 부분이다. 옛날, 선인들은 등산(登山: 산에 오른다)한다는 표현을 삼갔던 것으로 알고 있다. '등산한다'는 표현 대신에 '산에 든다'는 의미로 입산(入山: 산에 든다)이라고 하였다. 경건한 대상인 산(자연)을 감히 올라탄다는 의미가 되는 등산이 아니라 자연 속에서 내가 빠져들어 하나의 하모니를 이루는 의미로 이해가 되었다. 산(자연)에 대하여 인간이 갖추는 예의가 느껴진다.

얼마 전 작고하신 부친께서도 생전에 '비가 온다'고 표현하시는 것을 들어본 기억이 없다. 부친께서는 주루주룩 내리는 비를 보시곤 '오늘은 비님이 오시네'라고 말씀하시곤 하셨다. 삶의 방식에서 자연을 경외하면서, 자연 앞에서 인간을 낮추는 마음이 말 속에서 녹아나 있는 느낌을 갖게 한다.

교산리에서의 삶을 통하여 나는 자연의 위대함을 다시 느끼고, 또한 자연과의 하모니가 필요하다는 중요성을 실감한다. 자연은 나를 지켜주는 어머니인 셈이다. 나는 당연히 자연을 소중하게 여기고 자연을 있는 그대로 남을 수 있게 지켜줄 의무가 있다. 우리의 삶 속에서도 불협화음이 나는 곳에는 조화를 중시하지 않고 자기주장만 하거나, 독선에 빠져 있는 사람이 끼어 있는 경우를 종종 본다. 나를 중심으로 한 사회가 아니고, 사회 속에서 한 구성원으로 내가 존재할 때 조화는 자연스레 따라온다. 평화도 유지된다.

교산리에서 살다 보면, 자연과 더불어 사는 동물들과의 교류도 자연히 많다. 개, 고양이, 호랑나비, 매미, 새, 고추잠자리 등 사랑해야 할 대상이 너무 많다.

옆집 할머니 댁의 개는 커다란 백구이다. 개의 원래 이름은 나도 모른다. 하지만, 우리 가족은 이 개를 백구라고 부른다. 도시에서 자라나서인지 우리 아이들은 백구에 대해 관심이 많다. 태성원으로 오면서 아이들은 백구를 보더니 우리도 개를 기르자는 의견까지 낸 적이 있다. 사실 나도 개를 기르고 싶다. 하지만 내일 이곳에 상주하지 않는 우리가 개를 키운다는 것은 개에게 너무 커다란 고통을 주는 행위라고 여겨진다. 개의 사료와 물 정도야 미리 준비를 해 주면 되지만, 주말까지 주인이 오기만을 눈이 빠지게 기다릴 개의 모습을 생각해 보니 해서는 안될 일이라고 생각되어 대신 우리는 백구를 보는 것만으로 만족하기로 하였다.

백구는 작년에 새끼를 낳았다. 새끼인 강아지들에게 자기 젖을 다 내주고 물려서인지 백구는 바짝 말라 있었다. 마른 모습이 너무 안쓰러워 태성원에 들를 때마다 서울에서 먹다 남은 생선뼈를 차에 싣고 내려와 백구에게 두어 번 갖다 준 적이 있다. 그래서인지는 몰라도 백구는 우리가 곁으로 다가가도 짖지 않고 반갑다고 꼬리를 친다. 올해도 백구는 새끼를 배었다. 할머니는 강아지가 젖을 뗄 때가 되면 시집을 보내시겠다고 벌써부터 분양계획을 하신다. 빨리 그날이 오기만을 기다리고 계신 듯하다. 그날은 할머니가 과외로 용돈을 얻는 날이기도 하다.

지난여름 감자를 수확하고 수확한 기쁨을 나누기 위해 아이들과 꽁치와 고등어를 구워 먹은 적이 있다. 연기를 내면서 숯불에 불을 붙인 후, 그릴을 올리고 구워낸 생선은 기름이 쏙 빠져서인지 별미다. 오랜만에 맛있는 생선구이를 먹었다. 저녁을 마무리할 즈음 먹다 남은 생선뼈와 머리는 따로 담아서 뒤뜰에 놓아 주었다. 지난번에도 이렇게 남겨 주었더니 고양이가 찾아 왔다. 중간 정도의 짙은 회색 고양이였다. 이런 인연으로 짙은 회색 고양이와 나는 친구가 되었다. 오늘은 나의 친구 고양이가 동네에 있는 모든 고양이들을 불러 모은 것 같다. 고양이가 네 마리로 늘어났다. 털이 밝은 톤의 커다란 고양이 한 마리와 몸 집이 작은 고양이 두 마리가 함께 우리 집을 방문하여 남겨준 생선으로 저녁 만찬을 즐겼다. 오늘로 나의 고양이 친구는 모두 네 마리로 늘어났다.

　가을이 오는 마당에 호랑나비가 찾아와 나리꽃에 앉았다. 조심스레 가까이서 살펴보니 날개의 그 색상과 빛깔이 너무 아름 답다. 혼자서 보기엔 너무 아까운 자연의 작품이다. 예전에는 나

도 이렇게 가까이에서 나비 날개를 관찰해본 적이 없다. 이 순간을 그냥 놓치기가 안 타까워 휴대폰을 꺼내어 사 진을 찍으려 하니 호랑나비 가 이리저리 이동을 한다. 잠 시만 멋진 포즈를 취해 주면 근사한 사진을 찍을 수도 있 을 텐데 하는 아쉬움이 절로 난다. 글씨를 쓰지 못하는 사

람이 붓 타령만 한다고 했던가? 끝내 만족할 만한 사진은 아니지만 그런 대로 호랑나비의 자태를 영상에 담을 수 있어서 위안이 되는 하루가 간다.

매미의 울음소리가 정겹다. 시골에서 듣는 매미 울음소리는 청명하여 듣는 느낌도 시원하고 깨끗하다. 도시의 매미 울음소리는 낮과 밤을 가리지 않는다. 인간이 만들어 놓은 인공불빛에 취해 밤과 낮을 구분하지 못하고 울다 보니 아마 목청도 쉰 것 같다. 그 소리가 청명하기보다는 어딘지 찢어지는 소리가 섞여 있다. 언젠가 책에서 읽은 어느 시인의 글이 기억이 난다. 설령 매미의 울음소리가 시끄럽다고 해도 울어대는 매미를 너무 원망하지 말라고⋯. 매미들은 7~8년간 땅속에서 애벌레로 지낸 후에 세상에 나와 한 여름동안 잠깐 살다가 생을 마감한다고 한다. 이런 매미들은 단 일주일동안의 번식기간을 가지는데 이 기간에 종족보존을 위한 번식을 하기 위하여 울음소리를 낸다고 한다. 예전에는 알지 못하던 생물학에 대한 지식을 더 하게 되니 매미의 울음소리는 절박함이 배어 있는 외침이라고 생각되며 설령 그 소리에 잠을 설친다손 치더라도 노여워하는 마음이 너그러워질 것 같다. 이런 마음의 변화가 자연과 더불어 살아가는 지혜이며 자연을 사랑하게 되는 마음이 될 것이다.

오후 결에 한 쌍의 새가 태성원 잔디에 날아와 앉았다. 참새보다는 조금 작고 가슴에 노란색 깃털을 가진 새이다. 아내는 이 새를 '우리 집 새'라고 부른다. 그런데 정원의 보리수나무와 잔디를 오가면서 노니는 이 새들의 행동이 참으로 볼 만하다.

그중 한 마리는 부리로 열심히 먹이를 찾는다. 다른 한 놈은 옆에서 짹짹거리며 지저귀다가 다른 새가 찾은 먹이를 받아먹기만 한다. 이런 행동이 반복되는데 먹이를 찾는 한 마리는 먹이를 내어주곤 이내 또 열심히 먹이를 찾기 시작한다. 먹이를 찾아내면 바로 기다리던 다른 한 마리 새가 이번에도 여지없이 먹이를 또 받아먹는다. 참으로 재미있으면서도 이상한 관계의 두 마리 새이다. 아내와 나는 한참 동안 한 쌍의 이 새들을 보면서 이들 새의 관계를 추정하기 시작하였다. 어미와 새끼? 아니면 조폭새와 조폭에 매수된 일반새? 혹시 고용한 새와 고용된 관계의 새? 그것도 아니라면…? 우리의 생각은 상상의 날개를 타고 별의별 관계를 추정하며 이야기하다가 서로 까르르 웃었다. 그래도 결론은 버킹검이라고 이 두 마리 새들의 관계는 아무래도 부부 새일 것 같다는 생각을 하였다. 그렇다면 당신과 나 사이에 누가 먹이를 찾는 새이고, 누가 먹이를 받아먹는 새일까? 아내와 나는 서로 자기가 먹이를 찾는 새라고 연방 우긴다. 아내와 나 둘 중에서 과연 누가 먹이를 찾는 새일까?

교산리의 하루

교산리에서 생활하면서 느낀 것은 농촌 분들의 기상시간이 상당히 빠르다는 사실이다. 소위 말하는 '아침형 인간'이다. 한 때 베스트셀러에 올라 한 차례의 회오리바람을 일으키고 지나갔지만, 아침형 인간은 사람들에게 열풍을 일으켰고, 습관을 바꾸려고 노력하는 등 사회에 반향을 일으킨 적이 있다. 아침에 일찍 일어난다는 것이 이미 익숙한 분들한테는 사뿐한 발걸음에 불과할지 모르지만, 밤늦은 생활이 습관으로 굳어진 사람들한테는 그리 녹녹한 일이 절대 아니다. 며칠 동안이야 할 수도 있겠지만, 지속적으로 한다는 것은 당연히 어려운 일이다.

도시생활은 저녁에 초점이 맞춰져 있다. 요즘은 조금씩 변해가고 있지만 그래도 아직까지 직장인들에게 저녁이후의 생활은 직장생활의 남은 반을 채우는 근무시간으로 여겨질 정도로 중요한 시간일 것 같다. 업무시간 동안 원만하지 못했던 낮의 일을 다시 원만하게 만드는 요술호리병이 될 수 있는 시간이기 때문이다. 이리 중요하게 여겨지는 저녁시간에 충실하다 보면 생체리듬이 바뀌어 평범한 아침시간이 자신에겐 새벽시간으로 다가 올 수밖에 없다. 그나마 요즘은 조찬 모임과 같이 아침활동이 늘어나고 있고 저녁활동 시간이 줄어드는 추세가 있어서 다행이라고 생각된다.

시골의 하루일과는 모든 것이 해에 맞춰져 있다. 해가 뜨면 하루가 시작되고, 해가 지면 하루의 일과가 끝이 난다. 당연히 몇 시, 몇 분은 덜 중요하다. 삶 자체가 자연에 맞춰져 있어서 시계에 맞춰진 도시인들의 삶과는 차이가 있다.

아침에 일어나 한 차례 일을 마무리하고 나서 아침을 먹고 해가 뜨거워지기 전에 집으로 들어와 점심을 준비한다. 햇볕이 뜨거운 점심시간은 집 밖에 사람들이 보이지 않는 시간이다. 사람들은 햇볕을 피하기 위해 집 안에서 휴식을 취한다. 11시경에서 오후 3시경까지는 쉬기도 하고 부족한 잠을 보충하기도 한다. 어찌 보면 '한국형 시에스타'50)인 셈이다. 아니, 한국의 도시에서는 찾아보기가 쉽지 않은 생활 형태이므로 '한국의 시골형 시에스타'가 맞는 표현일 것 같다.

한낮의 열기가 누그러지는 4시경이나 5시경부터 다시 일이 시작되는데, 이때부터 해가 떨어져 어둑어둑 할 때까지 농사일은 계속된다. 해가 떨어지면 시골 분들은 집으로 돌아가 저녁식사도 하고 집안일을 마무리하며 드디어 하루의 삶을 마무리하게 된다.

---

50) 이탈리아나 그리스와 같이 지중해 연안 국가에서 낮잠을 자는 풍습을 말한다. 무더위로 한낮에 하는 일은 비능률적이기 때문에 낮잠으로 원기를 회복하여 저녁까지 일을 하자는 취지에서 시작되었다.

사계절 중에서 가장 바쁜 계절은 아무래도 여름이 아닐까 한다. 물론 가을도 추수를 하느라 바쁘지만 여름은 일단 하루 해가 길다. 시골에서 이용하는 해시계의 관점에서 본다면 여름동안 노동하는 시간이 당연히 길 수밖에 없다. 아침 시작은 더욱 빨라지고 저녁일이 끝나는 시간은 더욱 길어진다. 해가 지는 시간이 일을 멈추고 잠을 청할 수 있는 시간이다. 가을의 수확을 위하여 모든 작물과 벼농사의 마무리를 위한 손길을 기다리는 계절이다. 장마와 홍수로 인하여 피해가 있을까 봐 노심초사하며 긴장하는 계절이다.

시골생활 중에서 가장 한가로운 계절은 농한기인 겨울이다. 옆집 할머니는 시골생활의 맛을 전하면서, 그래도 직장인들과 달리 추수를 마치면 겨울 동안 편히 쉴 수 있어서 좋다고 하신다. 도시에서 직장생활을 하느라 자주 들르지 못하는 자손들에게 하시는 말처럼 들린다. 겨울 교산리의 풍경은 그야말로 목가적이다. 눈으로 덮인 산야에 마을을 비치는 달빛이 나오면 뒤이어 별들이 따라 나온다. 비록 날씨는 춥더라도 달빛이 내린 교산리 마을은 눈으로 덮여 포근하게 느껴진다. 한 장의 사진처럼 아름답다.

내가 이곳 생활을 하면서 궁금한 사항이 하나 있다. 시골 분들은 저녁이 되어도, 밤이 깊어가도 전기를 잘 켜지 않는다는 점이다. 절약을 하기 위해서 그런지도 모른다. 이곳 우리 마을에도 컴컴한 밤에 집 마당의 외등을 밝히는 집은 우리 집뿐이다. 아마도 인공불빛에 익숙해 있어서 아직도 자연에 덜 적응하고 있다는 증거일 수도 있다. 마치 점심식사로 조미료에 익숙한 음식을 먹던 직장인들이 집에서 조미료가 덜한 음식을 먹으면 맛이 없다고 타령하는 것과 같은 이치일까? 우리는 태성원에 도착하면 집 마당의 외등부터 밝힌다. 집에 와서도 외식으로 먹던 조미료가 듬뿍 든 음식을 먹는 격이라 생각된다. 조금씩 시골생활에 익숙해져 가고는 있지만 집 주변을 밝게 밝히는 나의 습관은 쉽사리 고쳐지지 않을 것 같다.

이곳 교산리에도 아쉬움이 남는 것이 있다. 바로 옛날 시골에서 볼 수 있던 정취가 사라진 것에 대한 아쉬움이다. 어린 시절, 외갓집 동네는 저녁이 되면 굴뚝에서 연기가 피어나곤 했다. 해가 서산에 걸려 어둠이 시작되면 마을의 집집이 굴뚝의 연기가 피어올라 평화로움과 넉넉함을 전해 주던 모습이었다. 이 시간은 가족들이 집으로 돌아오는 시간이요, 밥상에 함께 둘러앉아서 이야기꽃을 피울 수 있는 시간이었다. 교산리 마을에서도 이런 정취는 더 이상 볼 수 없다는 현실이 아쉽다.

가까이하기엔 너무 먼 당신!

언젠가 지상파 텔레비전 방송에서 가정에서 키우고 있는 이색 애완동물을 소개한 적이 있다. 우리는 애완동물 하면 얼른 개와 고양이를 먼저 떠올리게 된다. 하지만 이날 방영된 방송프로에 나온 애완동물들은 우리의 상상을 초월하는 것들이 많았다. 우리가 생각하는 개와 고양이는 너무 평범해서 이색 애완동물에는 명함도 내밀지 못하였다. 종류도 다양하고 크기도 다른 돼지도 있고 쥐도 있었다. 생김새와 크기가 서로 다른 원숭이도 있었다. 곱고 다양한 깃털의 색을 자랑하는 새들도 소개되었다. 키싱(kissing)이나 작은 상어에 속하는 샤크(shark)와 같은 열대어도 있었고, 그 외에도 이름을 기억하기조차 힘든 많은 종류가 소개되었다. 물론 종류가 다양한 뱀들도 소개되었고, 심지어는 두 사람이 들기도 힘겨워 보이는 악어를 집에서 키우는 사람까지 있었다. 취미도 참 다양하구나 하는 생각이 들었다.

좋아하는 애완동물이 사람마다 서로 다르듯이, 싫어하는 동물의 종류도 사람마다 많은 차이가 있을 것 같다. 나는 이런저런 이유로 집에 애완동물을 키우지는 않는다. 하지만 누군가 나보고 싫어하는 동물을 하나만 고르라고 하면 나는 주저 없이 뱀이라고 말할 것 같다. 뱀은 싫어하는 대상이기도 하고 무서운 대상이기도 하다. 어떤 이유로 내가 뱀을 이토록 싫어하는지는 나도 모른다. 중요한 것은 내가 뱀을 싫어한다는 사실이다. 심지어는 텔레비전에서 나오는 뱀을 볼지라도 정면으로 보지 못하고 눈을 반쯤 감고 게눈 보듯이 곁눈질로 본다. 이 정도면 내가 얼마나 뱀을 싫어하는지 짐작이 갈 것이다.

　나는 뱀에 대한 잊히지 않는 두 개의 기억을 가지고 있다. 우연히도 모두 외국에서 얻은 기억이다. 하나는 미국에서 유학할 때의 일이다. 석사과정에 있을 때 경영대학원 학장님이신 에이클 박사님(Dr. Akel)에겐 톰(Tom)이라는 아들이 있다. 톰은 오랫동안 태권도를 수련해오고 있었고, 나는 주말마다 틈이 나는 대로 그에게 태극형 품새와 고려형 품새를 가르쳐 주곤 했다. 그러던 어느 날 에이클 박사께서는 플로리다 탬파 시에서 진행되는 미주태권도대회에 출전하는 톰을 위해 나도 동행할 수 있도록 모든 준비를 해 주셨다. 플로리다에 머무는 동안 올랜도의 테마파크를 구경할 기회도 가졌다. 미국에서 생활하는 동안 처음으로 가져보는 달콤한 휴식이었다. 난생처음으로 롤러코스터 타기를 마치고 난 후 그 스릴이 남아 있어 이런저런 이야기를 하며 다음 장소로 이동을 하던 중에, 나는 무언가 느낌이 이상하여 흠칫 고개를 돌려 뒤를 보게 되었다. 아뿔싸! 어른 팔뚝보다 커다란 뱀을 자신의 몸에 칭칭 감고 슬그머니 가까이 다가온 미국인이 바로 내 뒤에 서 있는 것이 아닌가? 너무 소스라치게 놀라서 사색이 된 나는 악! 하는 비명과 함께 옆으로 도망친 경험이 있다. 남들이 보기에 이런 나의 행동이 너무 우스웠는지 주변에서 키득키득 웃음소리가 나왔고, 옆에 서 있던 톰도 박장대소하면서 웃고 있었다. 관광을 온 사람들에게 습하고 더운 지역인 플로리다의 이색적인 모습을 전해 주기 위해 테마파크 측에서 준비한 이벤트였지만, 나는 아직도 그때의 기억을 더듬는 것이 편하지 않다.

　다른 무서운 기억은 올해 초에 생겼다. 재직하고 있는 대학교의 학생들과 같이 해외탐방 프로그램의 일환으로 캄보디아의 앙코르와트를 방문하게 되었다. 과거 번성했던 캄보디아 왕국을 충분히 가늠하고도 남을 수 있는 앙코르와트를 볼 수 있는 값진 시간이었다. 국운이 융성했던 시기에 자이바르만 7세[51]가 세웠던 왕국을 양각으로 돌에 새겨 남겨 놓은 모습 하나하나가 감탄할 수밖에 없는 그들의 살아 있는 역사였다. 이번 탐방에는 수상가옥도 볼 수 있게 프로그램이 계획되어 있어서 배를 이용하여 강과 더불어 살아가는 이들의 삶도 살필 수 있었다. 이곳에 사는 사람들의 일부는 관광객들에게 과일과 음료수를 판매하며 살아간다. 이들은 자신의 배를 전속력으로 가속시킨 후 달리는 배에 접근하여 순간적으로 배를 갈아타 음료수와 과일 등

---

51) 캄보디아 역사를 통하여 가장 추앙받는 왕으로 캄보디아인들의 가슴에 남아 있는 인물이다.

을 팔곤 하였다. 달리는 배를 순간적으로 갈아타는 기술은 서커스에 가까운 묘기였다.

얼마쯤 배를 타고 나가 목적지 근처에 다다르니 관광객을 위해 마련된 제법 커다란 수상가옥이 있었다. 배에서 내려 수상가옥으로 오르던 그 순간이었다. 마침 현지가이드가 강에 가둬 놓은 악어를 보여주며 설명하고 있는 순간, 6살 정도 되어 보이는 캄보디아의 어린아이가 목에 뱀을 감고 나타나 바나나를 사달라고 내 쪽으로 다가오고 있는 것이 아닌가? 색다르게 주위의 시선을 끌어 바나나가 많이 팔리도록 짜낸 아이디어였던 것 같다. 순간 나의 눈은 선별적으로만 작동되었다. 나의 눈에는 바나나는 들어오지 않고, 뱀만 커다란 모습으로 다가왔다. 무의식 속에서 일어난 나의 행동은 소위 말하는 '양반체면'을 버리고 허겁지겁 줄행랑을 놓고 있었다. 적어도 나에게 있어서만은 이 꼬마 아이가 선택했던 기발한 판촉행위가 통할 리가 없었다. 오히려 그것이 '판매금지행위'가 되어 버렸다.

기억조차 다시 떠올리고 싶지 않지만 앞의 사건들은 나의 삶 속에서 뱀을 지척에서 마주했던 기억들이다. 아니 두 번의 호된 신고식이었다. 그런데 이런 수난 후에도 나와 뱀과의 악연은 이것으로 끝난 것이 아니었다. 믿기 어렵지만 태성원에서 한 차례 더 발생했다.

작년 가을 추석이 다가오고 있던 무렵이다. 태성원에 뱀이 나타나리라곤 꿈에도 상상을 하지 못했다. 믿기도 어렵고 아직까지도 수긍을 하고 싶지도 않지만, 어쩔 수 없이 이곳도 뱀이 활동하는 영역에 속한다는 사실을 받아들여야만 하는 순간이었다. 태성원엔 남쪽과 서쪽 두 곳에 수돗가가 마련되어 있다. 겨울철 김장을 준비할 때처럼 많은 물을 사용해야 할 때에는 남쪽의 수돗가를 이용하고, 소소한 일을 하기 위해서는 서쪽의 수돗가를 주로 이용하게 된다. 서쪽의 수돗가는 집의 뒤편으로 나가는 문 옆에 위치해 있어 가족의 발길이 자주 닿은 곳이다. 바로 그날, 서쪽의 수돗가 옆에서 뉘엿뉘엿 지는 석양을 바라보면서 저녁의 풍광을 즐기고 있던 나는 이 근처에서 나온 뱀으로 인하여 소스라치게 놀라고 말았다. 전혀 예기치 않았던 일이었기에 나의 놀라움은 더욱 컸다. 놀란 마음에 자세히 보진 못했지만, 나를 놀라게 한 뱀은 이내 사라져 버렸다. 아무 일도 아니라는 듯이, 뱀은 눈 깜짝할 사이에 마당의 잔디를 지나서 텃밭 쪽으로 유유히 사라졌다. 순간에 벌어진 일이었다. 뱀이 사라지는 모습은 마치 물방울이 스르르 흐르는 것처럼 느껴졌다. 다시 놀란 가슴을 쓸어내리는 순간이었다.

나는 뱀에 지친 것 같다. 이제는 뱀을 잊고 싶다. 뱀으로 인해서 무서웠던 기억까지 모두 잊을 있다면 너무 좋을 것 같다. 한동안 유행했던 '가까이하기엔 너무 먼 당신'이란 노래의 가사처럼 말이다.

아~ 당신은
당신은 누구시~길래
내 맘~ 깊은 곳에
무서움을 심으~셨나요?

(…중략…)

잊으려 하면
할수록 **무서움**이~
더하겠지만
가까이하기엔
너무 먼 당신~을
난, 난~ 잊을 테요~.

넉넉한 시골인심

시골생활 속엔 삶의 여백이 남아 있다. 시골엔 아직까지도 전통적인 우리나라의 관습이 남아 있고 보존되어 있다. 굳이 계나 품앗이와 같은 부조(扶助)문화를 거론하지 않더라도 마음의 바탕엔 사람의 정(情)인 시골인심이 남아 있다. 부조를 옛 어른들은 '부주'라 발음하는 경우도 있다. 어릴 적 기억으로 우리 할머님도 마을에 큰일이 생기면 아버님께 '아범아! 마을 ○○ 댁에 부주를 해야지' 또는 '○○네 부주금 전달했나?'라고 하시면서 채근하시던 기억이 난다. 아마도 부조와 부조금이 입에 입을 거쳐 구전되면서 발음이 그렇게 변한 것 같다.

나는 이곳의 이웃 할머니들의 모습에서 나의 친할머니의 모습을 본다. 다시는 뵐 수 없는 나의 할머니 생각에 나는 이곳에 오갈 적마다 요구르트나 초코파이와 같은 것을 이웃 할머니들한테 갖다 드리곤 한다. 하지만 이곳 할머니들은 조그만 것을 드려도 그냥 받으시는 법이 없다. 울타리 너머로 불러서 나가 보면 고추라도 몇 개, 오이라도 몇 개를 손에 쥐어 주신다. 받으신 것이 있으면 작은 것이라도 함께 나누고 싶으신 할머니들의 마음이신 것 같다. 아마도 이것이 살아 있는 시골의 인심이 아닐까?

한번은 아침나절 잔디를 깎으라 땀을 흘린 후, 샤워를 하고 밖으로 나와 보니 누군가 툇마루에 호박을 두 개 갖다 놓고 갔다. 어느 분이 갖다 놓으셨는지 알 길이 없다. 그렇다고 동네방네 돌아다니면서 물어 볼 수도 없는 노릇이 아닌가? 짐작이 가는 데가 아주 없는 것은 아니다. 자주 왕래하는 할머니 네 분 중 한 분일 가능성이 높은데, 어느 할머니인지를 알 수가 없다. 이리저리 말을 돌려서 여쭙느라 호박을 놓고 가신 할머니를 찾기까지 며칠을 보낸 적이 있다.

이웃 할머니가 밭에서 양파를 수확하는 날이다. 별안간 구름이 몰려와 비가 올 듯했다. 마음이 급하신 것 같아 성급하게 달려가 일을 거들어 드렸다. 그랬더니 수확을 마친 할머니가 서슴없이 가장 큰 양파를 골라서 열 개 정도를 주시는 것이 아닌가? 양파 열 개는 도시의 잣대로 보면 몇 푼 안 되는 가격일지도 모른다. 하지만 이 양파를 수확하기까지 할머니가 쏟은 정성을 나는 알고 있다. 매일매일 양파가 자라는 모습을 보면서 물을 주고, 풀을 뽑고, 돌보시는 모습을 나는 옆에서 보아 왔다. 송구스러운 마음에 모두를 다 받을 수가 없었다. 감사인사를 드리고 반만 받겠다고 말씀드리고 다섯 개만 얻어 왔다. 선뜻 마음을 열어 내어주신 그 마음을 잊을 수가 없다.

우리 집 주변에는 달래가 무성하다. 호미로 잠시만 캐면 손으로 한 움큼이나 캐낼 수 있다. 따뜻한 봄날, 달래를 조금 캐 이웃 할머니께 전해드렸더니 잠시 후 할머니는 밭에서 상추를 뜯어 양손에 들고 오셨다. 할머니의 마음이 담긴 상추이다. 마음의 빚을 꼭 갚는 것이 이 분들이 살아가는 삶의 방식이다.

마음을 받으시면 언제든 다시 마음을 주신다. 이것이 시골의 인정(人情)인 셈이다. 마음의 내용은 무엇이 되든 상관없다. 주로 자신이 재배한 농산물이 된다. 호박이 될 수도 있고, 오이가 될 수도 있다. 감자와 고추가 될 수도 있다. 그리고 한 줌의 고구마 순이 될 수도 있고, 몇 톨의 밤이 될 수도 있다. 정형화된 도시의 삶이 주로 가치란 척도로 사물을 평가를 한다면, 시골에서는 비정형화된 마음으로 모든 것을 대신한다.

지난 번 꽁치를 굽는 김에 몇 마리 더 구워 옆집 할머니한테 구운 꽁치를 전해드린 적이 있다. 대청마루에서 붓을 들어 마음을 가라앉히고 있는데, 누군지 알지 못하는 아낙이 성큼 성큼 집 안으로 들어왔다. 처음 만나는지라 누구신가 했더니 도시에 나가 사는 할머니 댁의 따님이라고 한다. 친정을 잠깐 들른 모양이다. 그런데 가져온 그릇에는 콩을 불려서 만든 콩국에 국수가 가득 담겨 있었다. 막바지 여름 더위에 시골에서 예기치 않은 콩국수를 맛보게 되니 그 맛이 일품이다. 감사하지 않을 수 없다. 도시에서야 콩국수 생각이 나면 몇 천 원만 주면 그 맛을 볼 수 있지만, 시골에선 돈이 있다손 치더라도 맛보기가 쉽지 않다. 돈을 주고도 살 수 없는 시골에서 맛보는 콩국수 맛은 가치론 따질 수 없는 사람의 마음 바로 그 자체인 것이다. 콩국수의 구수한 맛이 마음으로 전해진다.

올해도 늦가을이 다가와 콩 수확이 끝나면 콩을 듬뿍 넣고 떡을 만들 생각이다. 올 한 해도 감사해야 할 분들과 감사할 일들이 너무 많다. 그동안 도와 주신 이웃 할머니들과 같이 김이 모락모락 나는 떡을 나눌 생각이다. '태성원식 추수감사절(Thanksgiving Day)'이라고나 할까? 이웃 할머니들이 항상 건강하시고, 오래오래 사시길 기원해 본다.

태성원사시사(泰晟園四時詞)⁵²⁾

봄의 노래

임태순

1. 겨우내 언 땅 녹인 아지랑이 사이로
   노란 산수유꽃 태성원에 첫 꽃 내었네
   에헤라 디해라~ 노란꽃 봄이로구나

2. 보리수 뒤에 숨어 겨울 나던 해당화
   수줍은 빠알간 꽃으로 얼굴 보였네
   에헤라 디해라~ 빨간꽃 봄이로구나

3. 따뜻한 춘풍에 마음 설레던 영산홍
   새악시 볼 같은 꽃분홍 몸치장하였네
   에헤라 디해라~ 꽃분홍 봄이로구나

---

52) 사계를 노래한 많은 시조와 시(詩)중에서 나는 윤선도의 어부사시사(漁父四時詞)를 아끼고 너무 좋아한다. 어부사시사를 읽노라면 오백년이란 시공을 뛰어넘어 그 시절 어부의 모습이 손에 잡힐 듯 아련하게 나의 가슴에 그대로 담기는 감흥을 얻는다. 어부사시사를 읊조리다 달아오른 흥에 취해 이내 어깨를 들썩인다. 문득 '어찌 무심하게도 태성원의 사계를 노래하지 않고 뭐하느냐?' 란 고산 선생의 꾸짖음이 들려오는 듯하여 얼른 펜을 들었다.(※ 고산 윤선도는 조선중기의 문신으로 본관은 해남이고 호는 고산(孤山)이다. 어촌의 사계를 그린 어부사시사를 남겼다.)

여름 노래

임태순

1. 싹을 내고, 연보라 감자 꽃 노란 술 내어
   땅속에 알알이 보물 가득 품었네
   에해라 디해라~ 감자 꽃 여름이구나

2. 불같은 태양, 거리의 인적마저 끊어
   숨 가쁜 가을채비 방해 말라 하네
   에해라 디해라~ 뜨거운 여름이구나

3. 태풍이 몰아온 바람, 온갖 심술 다 부려
   쓰러진 콩줄기 다시 세우라 하네
   에해라 디해라~ 태풍 온 여름이구나

가을 노래

임태순

1. 손을 내어 담장 오르던 뒤뜰의 호박
   줄기와 잎을 말려 누런 호박 내었네
   에헤라 디헤라~ 풍족한 가을이구나

2. 세찬 바람에 뽑힐까 뿌리 내리던 고추
   초록 풋내 뒤로하고 빨간 고추 내었네
   에헤라 디헤라~ 수확의 가을이구나

3. 心 터를 넘어 구불구불 디딤돌 끝
   태양 아래 빚어낸 알밤송이 내었네
   에헤라 디헤라~ 풍년의 가을이구나

겨울 노래

임태순

1. 창문을 두드리는 서해의 찬바람
   이번엔 대문까지 열라 덜렁거리네
   에해라 디해라~ 찬바람 겨울이구나

2. 눈 덮인 산야에 달빛이 드리우니
   야심한 시각인데 대낮처럼 밝구나
   에해라 디해라~ 눈덮인 겨울이구나

3. 인적마저 끊어놓은 매서운 찬바람
   눈 위에 남긴 발자국 겨울운치 더하네
   에해라 디해라~ 매서운 겨울이구나

별립산을 바라보며

　태성원에서 생활하게 되면서 도시생활에선 맛볼 수 없던 새로운 맛을 느낄 수 있어 감사하다. 새로운 맛은 육체적인 활동을 통하여 얻을 수도 있고, 어느 땐 자연으로부터 자연스레 가르침을 터득하기도 한다. 나는 이곳 생활을 하는 동안 참으로 많은 것을 느끼고, 배우고, 그리고 자연이 주는 혜택까지 너무 많은 것을 받은 것 같아 축복이라고 생각한다.

　이곳에서의 나의 삶 중에서 가장 커다란 축복을 꼽으라면, 아무래도 별립산을 알게 되고, 별립산을 가까이서 보며 생활했던 것이 아닌가 생각한다. 밤늦은 시각, 교산리 마을에 달빛이 내리면 안마당에 앉아 한눈에 들어오는 별립산과 마주한다. 이 시간은 무엇과도 바꿀 수 없는 소중한 시간이다. 병풍을 겹겹으로 두른 듯, 별립산은 그 자태만으로도 나의 시선을 머물게 한다. 별립산을 바라보고 있노라면 밤이 깊어 갈수록 내 마음에 한가로움이 더해 간다.

그대를 바라보는 나의 사랑이 식을까 봐 별립산은 매 계절마다 색다른 옷을 갈아입고 나를 유혹한다. 한시라도 나의 시선이 다른 곳에 머물게 놔두지 않는다. 시원하게 빗줄기라도 쏟아지는 날이면, 별립산은 산안개를 두른 자태를 뽐내며 나의 시선을 장시간 머물게 한다. 초가을 달빛이라도 내리는 밤이면, 정원에 널린 벌개미취 꽃들이 연한 보랏빛을 내며 반짝인다. 달빛에 반사되어 정원을 아주 작은 별들로 총총히 수를 놓은 듯하다. 마치 내가 은하계의 별들 속에 파묻혀서 별립산을 보고 있는 것 같은 착각에 빠져들게 한다. 혹시라도, 무거운 마음으로 서울서 내려올지라도 이곳에 앉아 별립산을 보고 있노라면, 무겁던 마음은 이내 솜사탕처럼 녹아내린다. 천의 얼굴을 가진 별립산이다.

어느 날, 별립산은 넌지시 나에게 말을 걸어온다. 어떻게 살면 행복하냐고?

내가 이곳 생활을 하면서 부딪친 첫 번째 문제는 바로 불편함이었다. 모든 것이 구비되어 있고, 그래도 불편한 것이 생기면 돈으로 뚝딱 모든 것을 구할 수 있는 도시인의 시각에서 볼 때, 시골 생활은 불편하기 짝이 없다. 도시에선 전화를 한 통화 걸면 해결될 일들도 이곳에선 내가 손수 해결해야 한다. 물론, 두 달 전 까지만 해도 이곳 양사면 내에는 도시에서 그 흔한 중국 음식점 하나 없었다. 군내버스를 이용하여 읍내까지 다녀오려면 하루가 거의 소요될 정도이니 이런 시골에서 편안함을 원한다면 그 발상 자체가 크게 잘못된 것이었다.

그렇지만 차츰 시간이 흐르면서 그리 불편하던 것들이 서서

히 참을 만할 정도로 변해가고 있다. 중국집에서 먹는 짜장면이 없다면 대신 국수를 삶아 시원한 물에 씻어 먹으면 된다. 혀를 자극하는 소스의 맛은 없더라도 갓 삶아낸 맨 국수의 맛은 그 맛이 일품이다. 굳이 읍내에 가지 않아도 반찬은 텃밭에서 어느 정도 자급자족 할 수 있다. 텃밭에서 거둔 작물은 농약과는 거리가 먼 유기농 작물이다. 물에 씻어 바로 껍질째 먹으면 된다. 텃밭을 가꾸다 땀이 밴 옷은 세탁기 대신 수돗가에서 빨아 빨랫줄에 걸어 널고 책이라도 잠시 읽다 보면 어느 결에 금방 마른다.

이곳 생활에 익숙해지면서 그동안 편함만을 추구하던 나의 삶이 너무 지나칠 정도였다는 생각이 든다. 별립산이 나에게 던진 질문도 아마 나의 이런 마음에서 나온 것이 아닌가 싶다. 언젠가 설교를 해 주신 목사님으로부터 그리스도적인 삶은 '조금은 불편하게 사는 것'이라는 말씀을 들은 기억이 난다. 편함을 버리고 조금은 불편한 삶을 스스로 선택하는 것이 오히려 승리하는 삶이 된다는 의미이다. 불편한 삶은, 버리고 비우는 데서 시작된다. 편함을 얻기 위해 하나라도 더 갖추는 것보다 시골의 생활처럼 불편함을 감수하며 비워내는 데 익숙해진다면 우리의 삶은 오히려 더 채워지는 삶이 되지 않을까?

과거엔 먹지 못해 병을 얻었다. 하지만 오늘을 사는 현대인들은 너무 먹어서 병을 얻는다고 한다. 건강에 대한 관심이 높아지면서 성인병을 예방하고자 소식을 하는 분들도 늘어나고 있다. 퉁퉁하게 살찐 분들이 '사장님'으로 대우받고 부러움을 사던 시절도 있었다. 격세지감을 느낀다. 이제는 건강을 지키려 해도 영양가 높은 음식을 많이 먹는 것보다, 버리고 비우는 철학이 요구되는 시대이다.

자연의 섭리는 참으로 묘하다. 버리면 다시 채워지는 것이 세상의 이치다. 손에서 안 놓으려 발버둥치던 것들을 오히려 확 놔버리는 순간 다시 되돌아오는 경우도 많다. 개한테서도 이런 걸 발견할 수가 있다. 개는 속이 좋지 않으면 며칠이고 음식을 먹지 않는다. 먹지만 않는 정도가 아니라, 아예 먹었던 음식도 모두 토해낸다. 그리곤 개구멍 속으로 들어가 대청마루 밑에 웅크리고 앉아 얼마간 휴식의 시간을 갖는다. 위와 장을 비우고 나서야 다시 건강을 회복하는 것이다.

배우생활을 하다가 자연치유가가 된 문숙 씨가 한 말이 기억난다. "나무는 가지가 하나 부러져도 자연적으로 치유하는 힘이 있다. 사람도 나무처럼 자연의 일부다. 자연치유력이 작용하도록 우리는 비워 주는 역할을 하면 된다." 수긍이 가는 말이다. 내 안의 찌꺼기를 비워야 새로운 시작이 열린다. 나도 더 채우려는 습관으로 얻어져 쌓인 내 삶의 찌꺼기들을 이제부터 하나씩 떼어내려 한다. 오늘은 태성원의 안방을 독차지하던 텔레비전을 밖으로 내다 버렸다. 별과 달, 바람과 맑은 공기, 그리고 별립산만 있어도 이곳에서의 삶은 넘쳐날 정도로 충분하단 생각이 들었기 때문이다.

별립산이 나에게 넌지시 물어 왔던 질문의 답을 얻는 순간이다. 조금 불편하게 사는 삶이나 소박하게 사는 삶이나 모두 '비워낸다'라는 공통점 위에서 성립된다. 그동안 버리는 것에 익숙하지 않았던 삶을 살아왔기에 처음엔 버리는 것이 서툴고 어색하기도 하다. 하지만 막상 경험해 보면, 거추장스러운 옷을 벗어던지듯이 이내 담백한 기분이 든다. '하나라도 더 많은 삶'에 의지하는 것보다 오히려 '조금은 부족한 삶'을 추구하는 것이 바로 행복으로 가는 길인 것이다. 저 앞에 보이는 별립산이 비워진 내 삶의 여백을 모두 행복으로 채워주듯이, 버림으로써 생긴 삶의 공간은 곧 행복으로 채워질 것이다. 산을 타고 마을로 내려오는 밤하늘의 맑은 공기가 오늘따라 더 시원하기만 하다.

아내랑 전어랑

    창후리 포구의 모습은 너무나 평화롭다. 여느 포구에서 느낄 수 있는 특유의 바닷가의 내음도 코끝으로 전해진다. 하지만 창후리 포구에는 와자지껄한 시끄러움이나 번잡함은 없다. 다소 곳한 여인의 모습처럼 십 호도 채 되는 않는 횟집들이 모여 있어서 포구의 조용함과 한가로움을 느낄 수 있는 곳이다.

    창후리는 교동도로 가는 배를 탈 수 있는 곳이다. 이런 연유로 배편이 정기적으로 다니는 포구이기에 사람의 발길을 불러들여서 비록 크기는 작지만 포구의 모습을 그대로 간직한 곳이다. 굳이 말하자면, 포구임에는 불구하고, 와자지껄하고 시끌시끌한 모습이 아니고, 오히려 너무나 한적한 모습을 보이는 아름다운 곳이라서 나는 이곳을 좋아한다. 혹시라도 갯내음 물씬 풍기는 포구를 구경하고 싶다면 포구의 횟집들이 있는 건물 뒤로 돌아가면 서해바다 내음을 즐길 수 있다. 뒤로 돌아가면 갈매기들이 썰물로 빠져나간 갯벌을 뒤져가며 자신들의 정찬을 즐기고 있는 모습을 볼 수 있다. 갯벌 위에는 오늘 출어를 미룬 몇 척의 배들이 갯벌 위에서 편히 쉬고 있는 모습이어서 어촌의 정취와 함께 바쁜 걸음을 하지 않아도 되는 한적함을 동시에 느끼게 하는 곳이다.

내가 창후리를 자주 찾는 이유는 여러 가지가 있지만 그중에서도 가장 커다란 이유는 전어 때문이다. 이런 이유로 창후리로 향하는 나의 발길은 주로 가을에 집중되어 있다. 집을 나간 며느리도 전어 굽는 냄새를 맡으면 집으로 다시 돌아온다고 하지 않았던가? 천고마비의 계절인 가을을 맞아 살이 통통하게 오른 전어의 맛은 이곳에서 8월 말부터 시작해서 9월까지 즐길 수 있다. 비록 초현대식으로 지어진 화려한 횟집은 아니지만, 순수함이 남아 있는 포구의 횟집에서 직접 즐길 수도 있고, 집으로 가져갈 수도 있게 포장도 해 준다. 뼈째로 썰어서 회로 먹는 전어의 맛은 가을이 깊어가고 있음을 알리는 또 다른 신호이리라.

고향이 부산인 아내는 생선회의 맛에 관한 한 나보다 선생님이다. 어려서부터 생선회 맛을 가까이한 이유에선지는 몰라도 발달된 미각을 가지고 있다. 처음 창후리에 들렀을 때에 전어가 나는 철이라 회를 떠서 태성원으로 가져온 적이 있었는데, 그날 이곳에서 나오는 전어회 맛을 본 아내는 아주 반해 버렸다. 너무나 고소하고 신선하단다. 그날 이후 가을이 되어 우리가 태성원을 들를 때마다 나는 아내의 전용 전어회 배달꾼 역할을 스스로 자청해 버렸다. 아내는 매번 그리 좋아할 수가 없다. 몇 번 먹으면 물리는 것이 입맛인데, 아내의 입맛은 그렇지가 않다. 나의 호주머니 사정은 전혀 고려하지 않고 말이다. 전어는 그해의 기후와 수온의 변화에 따라 가격이 변동되긴 하지만, 1kg에 이 만 원 정도이니 이 정도면 점심대용으로 둘이서 실컷 즐기고도 남을 양이다.

창후리에서 내가 회를 구입하는 단골집은 배를 가지고 있는 선주이기도 하다. 아주머니는 회를 팔고 남편 분은 배를 탄다. 물때에 맞춰서 배는 출항을 하는데, 배가 들어오는 날이면 어부 들의 손놀림이 여간 분주하지 않다. 이분의 말에 의하면 창후리 에서 나오는 전어는 청정 지역인 군사분계선과 인접한 깨끗한 물에서 잡히는 관계로 생선이 오염되지 않고 신선하다고 하신 다. 미각이 발달한 아내의 입맛이 잘못되지는 않은 모양이다.

06

아내의 노래

교산리의 설날

햇살 안은 마을에
은빛가루 반짝인다

내 뺨에 와 닿는 찬바람이
기분 좋은 오후
한가로이 동네를 산책한다.
가까이에서
봄의 노래가 들린다.

겨울을 벗어 던진 동네 아이들
제 키보다 훌쩍 큰 넉가래로
논밭 얼음 위 눈을 밀어낸다.

얼음 썰매 서툴게 지치며
아이들의 하얀 웃음소리
온 동네를 대굴대굴 구른다.
동그란 동심도 함께 구른다.

씨감자

유난히도 눈도 많고
추웠던 겨울.
긴 휴지기를 지내고
겨울 내내 얼었던 땅이 녹는 봄날.

퇴비 가득 주며 밭을 정돈하고
한결 노련해진 삽질을 하는
우리 아이들과 함께
흙발로 전해 오는 봄의 향기를 즐긴다.

작은 구멍 하나에 씨감자 하나씩 쏘~옥!
흙은 가볍게 덮어주고
두 손으로 톡~톡!

다리와 허리에 기분 좋은 통증을 느끼며
건강하게 일할 수 있는 자의 행복을
자연의 숨결 속에서 온몸으로 느낀다.

꿈틀대는 봄의 기운을 받아
풍성한 결실을 맺기를.

5월

영산홍 만발하는 5월
잠홍색 붉은 꽃길 사이로
영혼이 자유를 꿈꾼다.
봄날의 축복은 꽃비 되어 흩날리고
연둣빛 소망이 자라나리라.

내 인생의 화양연화가 시작되고…
내 마음의 연처가 되고…

태성원 앞뜰과
별림산 너머 밤하늘에 심어 놓은
반짝이는 나의 언어들은
어린왕자를 만난다.
그에게 길들여지고 친구가 된다.
소중한 사랑이 온다.

기다림

태성원 감자 꽃이 만발했겠다.
유난히 길고 다사다난 했던
겨울을 뒤로하고

찾아오는 꽃들의 행진에,
그리고
스치는 한 줄기 바람에,
시간과 계절의 흐름을 실감한다.

어느새 한 해가 새로 시작되더니
그리고
6월이 날아든다.

담장엔 장미꽃 만발하고
오솔길 아카시아 향기 짙어지는
싱그러운 계절이 발돋움한다.
자유로운 영혼을 꿈꾸는 자
가슴이 뛴다.

감자 꽃이 아름다운 6월

봄 햇살 드리우던 날
설레임을 안고 씨감자 땅속에
정성스레 심었었다.
예쁘게 잘 싹틔워 건강하게 자라기를 바라며…

그런데
이번에 처음 알았다.
감자 꽃이 이렇게 아름다운지를.

화창한 햇살 가득 안고
가느다란 바람결에 하늘거리는
연보랏빛 꽃잎은 나비되어 화사하고
노오란 꽃술 가득 안고 파란 하늘을 난다.

한참을 그렇게 섰었다
감자밭에서.

나의 작은 노동에 비하면
너무도 큰 기쁨을 안겨 준다.
햇살에 바람결에 전해오는 자연의 향기에
아주 소박한 행복을 느낀다.

별개미취

파아란 잔디밭 위로
까아만 어둠이 찾아든 시간
얕은 바람소리, 풀벌레소리가
찌르르 또르르 적막을 가를 뿐
풍경 소리가 더욱 청명하다.

아름다움에 취해 몇 걸음 뜰로 나와 섰더니
머리 위로 반짝이던 밤하늘의 별들이
어느새 뜰 위로 내려앉았다.
여기저기 하늘거리던 하얀 꽃이
별이 되었다.

하늘 위의 별 한 번
땅 위의 별 한 번

두근대는 가슴 두 손으로 꼬~옥 눌러 달래며
허리 굽혀 내 발 밑을 내려다보았다.
출렁이는 하얀 별
춤추는 하얀 별들을
나는 처음 보았다.

설레임과 경이로움에
밤 깊은 줄 모르고 그렇게 섰었다.
하늘 한 번, 땅 한 번.

능소화 사랑

여름 내내 담장 너머
온몸 휘감고 고개 내밀어
사랑하는 이 애타게 기다리는 그리움에
살굿빛으로 붉게 물들었던 네 얼굴도
가을을 재촉하듯
스치는 한 줄기 바람에
이제 가만히 고개 떨구는구나
만나지 못한 아쉬움의 무게만큼
네 사랑은 깊어
온 여름을
불볕더위 아래서도
너의 뜨거운 기도는 멈추지 않았나 보다.

07

시골생활에
도움이 되는 지혜

엄동설한엔 나에게도 옷을 주세요

　미국에서 누군가 '나에게도 자유를 달라, 그렇지 않으면 죽음을…'[53]이라고 절규에 가까운 유명한 연설로 미국의 역사를 바꿔 놓은 적이 있다.

　흰 눈으로 산야를 하얗게 뒤집어쓴 채 뼈만 남은 앙상한 나뭇가지 사이로 '씽~씽~' 세차게 불어오는 찬바람을 담고 있는 시골의 겨울, 아마도 동짓달이나 섣달에 인적이 드문 시골에서 한겨울을 지내본 경험이 있는 분이라면 이런 겨울 모습을 생각하는 것만으로도 몸이 저절로 움츠러드는 것을 느낄 것이다. 한겨울 시골의 추위는 참으로 매섭다.

　패트릭 헨리의 연설문을 골똘히 생각하다가 시골의 겨울 모습이 내 머릿속을 파고 들어와 '엄동설한엔 나에게도 옷을 달

---

53) 미국의 패트릭 헨리는 '나에게 자유를 달라, 그렇지 않으면 죽음을…'이라며 절규하였다. 교육을 받지 못한 패트릭 헨리는 미국 독립전쟁 당시 위대한 웅변가가 되었는데, 그는 1775년 버지니아주 하원에서 '나에게 자유를 달라, 그렇지 않으면 죽음을!'이라는 불멸의 명구(名句)가 담긴 연설을 통하여 영국과의 전쟁을 주장한 바 있다.

라, 그렇지 않으면 죽음…'이란 생각이 떠올랐다. 묘한 짬뽕이다. 생각이 뒤꼬인 과정이야 어떻든 간에, 시골에서의 겨울나기는 모양을 내고 폼을 재기에 앞서 추위를 피하는 것이 먼저란 사실은 옳은 말이다. 시골 사람들은 추위를 피하기 위하여 가능한 한 노출을 줄이는 생활을 한다. 노출을 줄이려 겨울이 되면 사람의 왕래도 자연히 적어진다. 바람도 들어오지 않게 집의 대문까지도 닫아건다. 강화의 집들은 타 지역에서 흔히 볼 수 있는 가옥의 형태인 기역(ㄱ)이나 니은(ㄴ) 또는 디귿(ㄷ) 자의 형태가 아니고, 대부분이 미음(ㅁ) 자 형태의 가옥들이다. 겨울철 불어오는 차가운 바닷바람을 효과적으로 피하기 위한 가옥의 형태라고 여겨진다.

옷을 입혀야 할 대상은 사람만이 아니다. 그동안 가꾸던 관상수와 과실나무들도 다가오는 새해의 봄날에 다시 꽃이 피고 열매를 맺는 모습을 보고 싶다면 보온용 덮개를 이용하여 얼어 죽지 않도록 보온해 주어야 한다. 관상수와 과실나무보다 더 신경을 써서 옷을 입혀야 할 대상이 또 있다. 바로 수도배관과 수도계량기이다.

❀ 배관과 수도계량기 동파

농가주택이나 전원주택을 관리하면서 가장 어려운 점의 하나는 겨울나기가 아닐까 생각된다. 아무래도 시골의 겨울은 도시의 겨울에 비하여 혹한을 더 느낄 수밖에 없는 구조이다. 공기가 맑고 깨끗하며, 도시에 비해서 발열을 하는 건물이나 공장이 적기 때문에 상대적으로 기온이 차가운 데다 찬바람을 막아주는 커다란 건물이 적은 관계로 시골의 겨울바람은 얼굴에 와 닿을 때마다 피부 속까지 파고드는 느낌을 갖게 한다.

겨울나기에서 피부에 와 닿는 찬바람이야 잠시 참든가, 아니면 따뜻한 온돌의 아랫목으로 들어와 몸을 녹이는 것으로 해결되지만, 가장 골치 아픈 문제가 바로 겨울철 시설물 관리이다. 시설물 관리 중에서 가장 신경을 써야 할 부분이 바로 배관의 동파 문제이다. 시골에서 줄곧 상주하지 않고 주말에만 사용하는 주말주택의 경우, 겨울 동안에는 난방비용의 부담문제뿐만 아니라 겨울 내내 시골에서 생활하는 것이 불편하기에 많은 분들이 겨울 내내 주말주택을 비워 두는 경우가 많다. 하지만 겨울 동안 전원주택을 방치해 둔다 하더라도 잊지 말고 꼭 신경을 써야 할 부분이 있는데, 바로 배관과 수도계량기가 동파하지 않도록 잘 관리해야 하는 것이 아닌가 싶다. 시골에서 겨울철 동파를 방지한다는 것은 말처럼 그리 녹녹한 일이 아니다.

겨울 동안 집을 비웠다가 봄철이 되어 얼음이 녹을 시점에 집을 방문해 보면 부엌이나 화장실이 동파되어 물바다로 변해 있는 것을 볼 수도 있다. 이곳에서 2년을 보낸 초보농사꾼도 두 해 겨울 모두 동파 문제로 고생을 했다. 첫해에는 동파 방지를 위해 나름대로 열선까지 감아 놓았던 싱크대 배관이 동파되어서 틈새가 벌어진 배관 사이로 물이 솟구쳐 올라 부엌의 천장도 적시고 바닥도 물바다가 되었었다. 동파된 곳은 부엌만이 아니었다. 화장실 양변기 안에 남아 있던 물이 얼어붙는 바람에 양변기가 통째로 갈라져 화장실 공사를 새로 시공해야 했다. 시골에 대해 이해가 부족했던 나를 일깨우는 데 드는 대가로는 너무나도 비싼 수업료를 지불하였다는 생각이 든다.

두 번째 해의 겨울이 다가오자 나는 마치 자연 앞에서 전투를 앞둔 전사처럼 마음의 각오를 단단히 하고 겨울을 맞이할 채비를 하였다. 첫해 겨울에 경험했던 일을 거울삼아 나름대로 신경을 써서 관리해야겠다는 생각에 만반의 준비를 하였다. 우선 화장실 양변기는 양변기 속에 담겨 있던 물을 고무호스와 스펀지를 이용하여 물기를 제거한 후 화장실 사용을 자제하였다. 또한 부엌 싱크대 주변의 배관에 감아 놓은 열선이 이상이 없는지 여부를 다시 점검하고, 수도계량기는 작년에 집어넣었던 의복가지를 걷어 내고 가전제품의 박스 포장을 할 때, 파손을 방지하기 위하여 모서리에 넣어주는 10cm가 넘는 두꺼운 비닐제품을 수도계량기 박스의 모양대로 칼로 잘라서 밀어 넣고 겉은 다시 비닐로 덮어 묶어서 밀봉을 하였다.

이듬해 봄이 되어서야, 나는 지난번에 나름대로 꼼꼼하게 준비했던 모든 것이 별 효과도 없이 허사가 되었음을 알게 되었다. 수도계량기는 동파가 되었고 계량기 내부배관도 모두 통째로 얼어붙었다. 두꺼운 비닐제품을 계량기 통의 모양대로 잘라서 빈틈없이 밀어 넣었던 것이 헌옷가지들을 사용하여 공간을 메웠던 것보다 보온효과가 덜했던 모양이다. 물론 다른 해의 겨울보다 유례없는 한파가 지속되었던 지난겨울의 날씨도 나의 노력을 물거품으로 만드는 데 일조를 하였으리라. 수도계량기를 교체하고 나니, 이번에는 또 다른 문제가 생겼다. 집 안의 모든 수도꼭지를 잠가 놓았는데도 수도계량기 안의 빨간 톱니바퀴는 정신없이 빠른 속도로 돌고 있는 것이 아닌가? 집 안 배관의 어딘가에서 물이 새고 있다는 불길한 징조였다. 터진 곳을 찾기 위해서 한참 동안이나 씨름을 한 후에야 부엌에서 화장실로 통하는 연결 부위의 배관이 터진 것을 찾아낼 수 있었다. 더이상 내가 직접 수리할 수 있는 범위를 넘는 일이라고 판단되어서 설비하시는 분을 불러 하루 종일 먼지 날리며 시멘트를 깨고 동파된 배관을 다시 연결하는 대수술을 해야만 했다.

　동파된 배관을 다시 연결하는 공사는 비용도 많이 발생하지만, 집 안이 뽀얀 먼지를 뒤집어 써야 하는 여간 번거로운 작업이 아니었다. 두 해 겨울을 연속해서 배관의 동파 문제로 어려움을 겪었던 나는 어떻게 하면 좀 더 완벽하게 동파 문제를 해결할 수 있을까? 하는 화두를 가지고 며칠간 고민을 하면서 생활하였던 것 같다. 찾아오는 겨울마다 배관공사를 매번 할 수도 없는 노릇이고, 그렇다고 겨울 내내 강화의 기온이 따뜻하기만을 바라며 지켜만 보고 있을 수도 없는 노릇이었다. 한동안 지속된 고민 끝에 나는 컴컴한 터널 속에서 한 줄기 빛이라도 찾은 양 마침내 해결책을 생각해 냈다.

　찾아낸 해결책은 동파 가능성을 원천봉쇄하는 것이었다. 겨울 동안에는 배관에 남아 있던 모든 물을 빼내어 물이 얼 수 있는 불씨의 근원 자체를 없애자는 전략이었다. 지난 번 공사 때

도움을 준 설비하시는 분을 다시 불러서 내가 고안해낸 방책에 대한 타당성 검토를 마무리한 후 바로 공사를 진행하였다. 집 안의 배관에 남아 있던 물을 모두 집 밖으로 **빼낼** 수 있는 배관을 새로 만들었다. 다가오는 겨울, 이제는 기온이 영하로 내려간다는 일기예보가 나오면 바로 수도계량기를 잠그고 집 안의 모든 수도꼭지를 열어 놓아 배관 안에 남아 있던 물을 모두 **빼내** 배관을 속빈강정처럼 만들어 볼 생각이다.

밖에 설치된 수도계량기의 동파문제는 수도계량기 박스 안에 사용하지 않은 헌옷가지를 가능한 한 많이 밀어 넣어서 보온을 한 다음에, 공기의 유입을 막을 수 있게 계량기 통 속도 비닐로 한 번 감싸고, 수도계량기 박스 전체를 또다시 한 번 비닐로 덮어 고무줄로 단단히 묶을 계획이다. 여기에다 추가적으로 비닐로 덮어 놓은 수도계량기 박스 위에 가을에 타작하고 남은 벼 짚단을 마을에서 얻어다가 덮어 주는 방법을 생각하고 있다. 예전에 비해 보온상태를 이중 삼중으로 보완한 방법인데, 이 방법으로 올겨울을 잘 견딜 수 있는지의 여부를 확인할 수 있는 내년 봄이 슬슬 기다려진다. 물론 다가오는 올겨울은 제발 동장군이 기승을 부리지 않기를 바라는 마음과 함께……

❀ 나무 감싸기

겨울 동안 감싸둬야 할 대상은 어린 나무들이다. 지난겨울을 지내는 동안에는 혹독한 추위 때문인지 어린 나무들을 감싸주었는데도 봄 동안 물이 오르지 않던 감나무는 여름이 지나도록 잎을 내지 못하고 감감 무소식이다. 봄을 지나면서 그래도 혹시나 하는 생각에 잘라 버리지를 못하고 늦게라도 살아나기를 기다리는 마음으로 여름이 지나도록 기다려 주었으나, 결국 별 소득이 없었다. 태성원에서 자라는 감나무는 모두 3그루인데 모두 4년생이 아직 안 된 어린 나무이다. 아직까지 열매도 한 번 맺어 보지를 못한 나무들인데, 지난겨울을 넘기지 못하고 그중 한 그루가 죽은 것이다. 이웃 할머니 댁에서 타작을 하고 남은 볏단을 몇 개 얻어다가 서리가 내리기 전에 감싸서 묶어 주었는데, 지난겨울의 혹독한 추위를 견뎌내기엔 역부족 이었던 모양이다.

서리가 내리기 시작하면 장미나무도 겨울을 날 채비를 해야만 한다. 줄기를 자른 후에 나무의 뿌리 부분을 흙으로 돋아서 덮어 주고 가능하면 나무를 감싸주어야 한다. 그래야 겨우내 보살펴 준 것에 대한 감사함으로 장미는 봄이 되면 힘차게 새로운 줄기를 내고 여름내 아름다운 꽃을 선물해 주리라.

❀ 무의 겨울 보관법

수확한 풍성한 무를 김장용으로 쓰고 나서, 남은 무를 보관하는 방법은 땅을 파고 그 속에 무를 다시 묻는 방법이 있다. 땅을 삽 한 자 정도의 깊이로 네모반듯하게 파고 흙을 걷어 낸 후에 그곳에 겨우내 보관할 무를 차곡차곡 넣는다. 무를 다 넣은 후에 나뭇가지를 이용하여 덮고, 그곳을 벼 짚단이나 비닐을 이용하여 바람이 통하지 않게 다시 덮고 흙을 덮어 놓으면 봄까지 무를 먹을 수 있다. 흙은 얼기 때문에 무가 있는 곳까지 냉한 공기가 전해지지 않도록 덮는 흙의 두께를 적어도 한 뼘 이상은 유지하는 것이 바람직하다.

땅을 파서 묻을 때 봄이 오기 전인 겨울 동안에도 무를 자주 꺼내서 사용하고자 한다면 흙으로 덮기 전에, 벼 짚단을 이용하여 무를 꺼낼 수 있는 통로를 만들어 두면 편리하다. 벼 짚단 하나를 단단히 묶어 지표면으로부터 보관된 무가 있는 방향으로 넣고 흙으로 묻어 입구를 만들어 놓으면, 무가 필요할 때마다 볏짚을 당겨서 그 속에 보관된 무를 꺼낼 수 있기 때문이다.

겨울 동안 무를 보관하는 또 다른 방법도 있다. 바로 장독 안에 볏겨를 많이 채우고 무를 그 안에 넣어 보관하는 방법이다. 볏겨의 뛰어난 보온효과와 송송 뚫려 있는 숨구멍이 겨울에도 얼지 않고 신선도를 유지할 수 있는 비결이라고 생각된다. 요즘이야 사과를 포장하는 방법이 바뀌었지만, 예전에는 나무로 만든 궤짝(박스) 안에 볏겨를 넣고 그 속에 사과를 넣어 겨울에도 판매한 적이 있었다. 이는 볏겨가 온도 변화를 막아 주는 보온효과와 사과에서 수분이 증발되는 것을 막는 보습효과를 동시에 해결하는 천연의 재료이기 때문이리라. 무를 보관할 때 볏겨를 이용하는 것도 같은 맥락에서 해석이 가능하다. 이 방법은 내가 직접 사용해 본 방법은 아니지만, 나보다 농사일에 선배이신 직장동료분이 알려준 방법인데, 강화의 추위에 버금가는 양평에서 벌써 몇 년 동안 사용해 오는 방법이고 보니, 이 방법도 무를 보관하는 좋은 보관방법임에 틀림이 없을 것이다.

현명한 조상, 우매한 도시인

태성원은 기존 농가주택을 수리하여 단장한 집이다. 비록 크지도 않고 아담한 집이지만 나는 이 집을 좋아한다. 한옥의 모양새를 갖추고 있기 때문이다. 지붕은 개량 기와라고나 할까? 조금 떨어져서 보면 기와처럼 보이지만 가까이서 보면 가마에서 구워 낸 기와와 달리 기와의 모양을 내어 가벼운 철판으로 만든 지붕임을 알 수 있다. 비록 기와가 흙으로 구워낸 옛날 기와가 아니더라도, 지붕 밑을 보면 시간의 흐름 속에서 본연의 색이 퇴색된 서까래를[54] 볼 수 있고, 집을 받치고 있는 나무기둥도 볼 수 있다. 한옥의 운치를 느낄 수 있어서 너무 좋다. 오래된 기둥은 말없이 이 집의 역사를 말해주고 있는 듯하다.

내가 태어나고 자란 집도 한옥이었다. 마을에서도 알아주는 커다란 기와집이었다. 아버님께서 생전에 말씀하시기를 그 당

---

54) 지붕을 받치고 있는 나무로 처마 밑에서 보면 볼 수 있다.

시 한옥을 지으실 때 기둥으로 쓸려고 준비했던 나무를 서까래로 쓰셨다고 말씀하신 적이 있다. 집의 규모를 가늠할 수 있는 대목이다. 참으로 아쉬운 내용이지만, 개발에 밀려 그 집은 보존되지 못한 채 지금은 나의 기억 속에서만 남아 있는 집이 되어 버렸다. 어릴 적 모든 추억이 담긴 옛날 우리 기와집을 나는 항상 그리워한다. 내 마음 속에 살아있는 그곳은 사람이 사는 집이란 개념을 넘어서 나의 추억이 살아 숨을 쉬는 그런 곳이자 마음의 고향이다. 이런 추억이 있기에 이제 나는 태성원을 마음의 고향으로 여기고 더욱 아끼는 지도 모른다.

한번은 아내와 같이 가평지역을 운전 하다가 우연한 기회에 길가에 전시된 전원주택을 보고 예뻐서 구경을 한 적이 있다. 유럽풍으로 지어진 전원주택으로 홍보용으로 쓰이는 모델하우스였다. 외부뿐만 아니라 내부까지 예쁘고 깔끔하게 현대식으로 꾸며져 있었다. 지붕에는 남유럽의 해안가 풍경을 소개할 때 자주 나오는 붉은 빛깔의 기와가 올라 있었다. 기와의 빛깔이 너무 곱다고 하니깐 옆에 서서 홍보를 하는 분이 유럽에서 수입한 기와라고 일러주었다. 한마디로 그럴싸해서 많은 분들이 욕심을 내고 싶어 할 것 같다는 생각이 들었다. 하지만, 나는 이런 주택에 대해 그리 큰 흥미를 느끼지 못한다. 사람의 손때가 남아 있고, 살아온 내용이 묻어나는 그런 우리나라 한옥이 더 좋다. 서로 비교할 대상 자체가 되지 못한다고 생각한다. 설사 내가 이렇게 마음을 먹지 않더라도, 한옥은 도도한 자세로 나에게 한마디 할 것 같다. 흥, 너희가 전통을 알어? 그 아름다움을 알

기나 하냐고?

작년에 겪은 일이다. 대청마루에서 여유롭게 하루를 즐기다가 우연히 마루의 뒷부분이 자꾸 솟아올라오는 것이 느껴졌다. 성급한 마음에 그곳에 맷돌을 들어 올려놓고, 기다려 보아도 원상복구 되는 변화가 없어 내가 맷돌위에 올라서서 튀어 오른 부분을 눌러 원래의 위치로 만들어 보려고 했다. 아뿔사! 너무나 성급했던 행동일까? 마루가 쑥하고 내려가는 기분이 들더니 이내 마루가 주저앉아 버렸다. 큰일이 터진 것이다. 다행이도 마루는 통마루로 되어있지 않았고, 쪽마루로 되어 있어서 하나하나 뜯어내서 밑을 살펴보니 마루를 받치던 기둥이 썩어서 마루가 내려앉은 것이었다.

그때 마침 옆집 할머니께서 오셔서 이 광경을 목격하셨다. 할머니께서는 이 집이 원래 장마기간엔 습했다고 한다. 주변에 흐르는 물이 많다 보니 그렇겠구나하고 이해가 되는 내용이었다. 할머니의 말씀이 계속 이어지는 동안 나는 이 말씀을 통해 이 집의 역사에 관해서 들을 수 있었다. 장마기간에 비라도 오면 아궁이로 물이 차오른 적도 있었다고 한다. 마루 밑에는 개구멍이 두개나 있었는데, 서로 맞바람이 칠 수 있어 습한 마루 밑을 말릴 수 있었다. 그런데 전 주인이 집수리를 하면서 미적인 요소를 고려하여 아예 개구멍을 막아 버렸다는 내용이었다.

아하~ 그랬었구나! 마루의 기둥이 썩은 이유를 알아내는 순간이었다. 동시에 해결책도 동시에 자동으로 제시되었다. 바로 마루 밑으로 통하는 구멍을 막아 버려서 마루 아래의 습한 기운이 오랫동안 떠나지 않고 남아있게 되어 마루 기둥이 썩게 한 원인이었던 것이다. 큰 공사를 해야만 한다는 생각에 마음이 복잡했지만, 나는 커다란 가르침을 배우는 순간이었다. 현명하게 이런 저런 상황을 고려하여 만든 우리조상들의 지혜를 느끼는 순간이었다. 현명한 지혜를 가진 조상들의 작품에 현대를 사는 우매한 우리 도시인들이 문제를 일으켰다는 생각이 들었다. 바로 '현명한 조상, 우매한 도시인'이란 생각이 떠나지 않았다.

집을 예전의 모습으로 다시 돌려놓는 작업이 진행되었다. 시멘트로 막아 놓았던 마루의 앞부분과 뒷부분을 다시 깨고 구멍을 내어 바람이 잘 통할 수 있도록 하였다. 걱정스런 마음에 쥐나, 뱀이 드나들지 못하도록 스텐으로 만든 철망으로 구멍을 덮어 놓았다. 통풍이 될 수 있는 통로를 마련한 후, 주저앉았던 마루도 하나하나 쪽을 다시 맞춰서 보수하였다. 긴 시간동안 작업은 계속되었다. 조상님들의 깊은 뜻을 헤아리지 못해서 생긴 대

가로 시간도 상당히 걸리고 매우 번거로운 작업이었다.

　농가주택을 가지고 계신 분들한테 꼭 당부하고 싶은 말이 있다. 설사, 개구멍이라도 하찮은 구멍정도로 여기지 말라 달라는 내용이다. 현명하신 우리 조상들이 어떤 생각에 그리하셨을까? 하고 스스로 자문을 하다보면 예기치 않게 발생할 수도 있는 실수를 미리 방지할 수도 있다고 생각된다.

장마철에 살아남기

　이제야 장마철이 지나간 것 같다. 예로부터 삼한사온이 뚜렷했던 우리나라의 날씨가 변하여 이제는 장마철이란 용어도 사라져가는 분위기다. 종잡을 수 없는 여름 폭우로 아열대성 기후라는 이야기도 나온다. 기상청에서는 이제 장마기간을 아예 명시하지 않을 거라고 한다. 예측을 오보로 만드는 변화무쌍한 기후 때문일까? 어찌되었건 장마철에 우리는 시설물 관리에 유의해야 한다.

　도심에서 생활을 한다고 해도 장마철에는 유의할 것이 많다. 먼저 갑작스레 불어나는 물을 조심해야 한다. 예전과 달리 국지적으로 폭우를 동반하기 때문이다. 높아진 습도는 몸을 끈끈하게 만들어 불쾌지수가 높아지기 쉬우니 가능한 마음의 평정을 유지하고자 하는 노력도 필요하다. 장마철에 관리해야 할 대상은 사람만이 아니다. 봄철과 가을철동안 자주 활용하던 주말주택도 보살펴 주어야 한다. 주말 주택도 장마철이 되면 기온변화에 적응하기 힘들다고 여기저기 표시를 낸다. 전원생활을 하는 분들이 장마철에 보살펴야 할 것은 크게 두 가지로 정리된다.

우선, 비가 많이 내리는 장마철에는 집 안 곳곳에 누수가 되는 곳은 없는지 꼼꼼히 살필 필요가 있다. 조그만 부분이라도 일단 누수가 되면 바로 보수를 하는 것이 현명하다. 발견이 늦고 대처가 늦을수록, 그만큼 커다란 대가가 기다리고 있을 것이다. 농가주택의 경우에는 특히, 소위 말하는 집의 연식이 오래되었다는 점을 고려하여 각별하게 관심을 가져야 한다. 주말주택으로만 쓰면 누수를 발견하는 것 자체가 쉽지 않을 수도 있다. 거주를 하면 쉽게 눈에 뜨일 수도 있지만, 주말에만 잠시 틈이 날 때마다 들르면 아무래도 누수를 발견하기가 어려울 것이다. 이미 눈에 보이지 않는 곳에서 누수가 진행되고 있는데, 발견이 늦어 낭패를 보기 십상이다. 주말주택의 성격상 집에 들르는 날이 주로 햇빛이 나는 화창한 날이기 때문에 누수 발견이 더욱 어려울 것이다. 따라서 비록 주말주택으로만 사용하고 있더라도 일부러 비가 내리는 시간을 택하여 집을 방문해 꼼꼼히 살피는 것도 한 방법이다.

한옥의 경우에는 물이 처마 안으로 들이쳐서 서까래나 기둥 부분에 물이 들어오는지 꼼꼼히 살펴볼 필요가 있다. 만약 한옥에서 기둥이나 서까래가 물에 젖어서 썩게 된다면 매우 큰일이다. 나도 아직 경험해 보진 않았지만 이런 보수를 하려면 마음고생을 할 각오도 단단히 준비해야 할 것 같다. 대형공사로 이어질 가능성이 높다. 미리미리 예방하는 심정으로 잘 살펴서 불상사를 막는 것만이 최선의 방책이다.

전원생활을 하면서 장마철에 염두해 두어야 할 또 다른 일은 배수를 잘 살피는 일이다. 집 주변의 구거를 살펴 물의 흐름이 잘 빠지는지를 확인하고 잘 빠지도록 틈틈이 관리하는 것이 중요하다. 태성원에도 배수를 위해 유(U)자 관이 묻혀 있는데, 장마철에는 야트막한 뒷산에서 내려오는 토사가 있어서 유자관에 쌓여 물의 흐름을 방해하곤 한다. 틈틈이 흙을 삽으로 퍼내어 물길이 막히지 않도록 해주는 것이 좋다. 만약 유자관이 묻혀 있지 않는 경우라도 물길을 잘 확보하여 물의 흐름이 용이하도록 해야만 피해를 방지할 수 있다.

장마철 집 안 관리에서 신경을 써야 할 부분은 곰팡이 문제이다. 주말에만 주택을 이용하는 경우, 주중 내내 문이 닫혀 있었기에 집 안에 남아 있던 습기는 곰팡이가 피기 쉬운 최적의 조건이 된다. 이런 문제를 방지하기 위해서는 주말주택에 들를 때마다 모든 문을 열어 환기를 해 주어야 하는 것은 당연한 일이다. 그러나 장마철에는 문을 자주 열어 놓아 환기를 시켜 주어도 곰팡이 문제를 완벽하게 해결하기가 쉽지 않다. 특히 칼도마나 식기류에 생기는 곰팡이는 건강을 해칠 수 있으니 꼼꼼히 챙기거나 뜨거운 물로 살균시킨 후 잘 말려 보관하는 것이 중요하다.

곰팡이는 방의 벽지나 천장에도 피는 경우가 있다. 태성원에도 작년 여름에는 마루와 방의 벽지에 곰팡이가 피었었다. 통풍이 될 수 있도록 마루 밑에 있던 기존의 개구멍을 열어 놓는 공사를 마무리해서인지, 올해는 마루와 방의 벽지엔 곰팡이가 생기지 않았다. 곰팡이는 일단 한 번 피게 되면 쉽게 다시 핀다. 집안에 햇빛이 들도록 하고 바람이 부는 날을 택하여 문을 열어 통풍을 시키는 방법밖에는 달리 방법이 없는 것 같다.

옛날 선비들은 처서(處暑)에 여름내 젖었던 책을 내어서 바람에 말렸다고 한다. 안마당 잔디밭 위에 빨래 줄을 매고 장롱 속의 이불을 꺼내어 가을의 햇빛과 바람이 통하게 널어 놓았다. 물론 장롱 안에 있던 모든 옷도 꺼내어 가을 햇볕에 일광욕을 시킨다. 작년에 입었던 겨울옷도 외출을 하였다. 말려져서 뽀송뽀송한 옷가지들을 얼굴에 대 보니 눅눅함이 사라져 기분마저 상쾌하다.

짝사랑

세상에는 여러 형태의 짝사랑이 있다고 생각된다. 가슴 두근거리는 사춘기 때의 아름다운 짝사랑도 있고, 이루지 못한 슬픈 사연의 짝사랑도 있다. 또한 너무나 안타까운 사연의 짝사랑도 있고, 일방적인 짝사랑이 지나친 나머지 스토킹으로 변하여 지탄을 받게 되는 짝사랑도 있다.

말벌들도 태성원을 좋아하는 듯하다. 재작년에 이어 작년에도 또 태성원을 찾아왔다. 말벌들의 이런 끈덕진 구애에도 나는 결코 그들의 사랑을 받아들일 수 없어 매몰차게 'No'를 선언하였다. 하지만 말벌 떼들은 마음을 바꾸지 못하고 지치지 않는 짝사랑으로 올해도 어김없이 태성원을 찾아왔다.

가을이 깊어 추석이 다가오는 계절, 텔레비전을 통하여 산소에 벌초를 갔다가 말벌의 공격을 받아서 사람들이 사망하는 안타까운 뉴스도 종종 들린다. 최근엔 먹이가 부족해져서 말벌들의 서식지가 산에 한정되지 않고 사람들이 주거하는 마을로 내려오고 있단다. 대도시의 아파트나 주택가까지 몰려와서 벌집을 짓고 집단 서식을 하는 바람에 소방대원들의 출동횟수도 빈번해지고 있다.

　말벌들은 장마기간이 끝나고 가을이 되면 짝짓기가 시작된다. 이 기간에는 말벌들이 예민해져 상대방을 공격하는 성향이 높아지고, 활동도 왕성해져서 피해도 그만큼 늘어날 수밖에 없다. 가을철에는 말벌들의 독성이 높아지는 시기이므로 벌초하기 위해 산속의 말벌 집을 건드릴 위험에 노출된 사람들이나, 산 아래의 주민들은 각별한 주의가 요망되는 시기이다. 태성원에서 생활하는 동안 우리집도 말벌들과 세 차례나 전쟁을 치렀다. 첫해 가을, 추석이 다가오는 어느 때, 집 뒤편의 물건을 정리하다가 윙~ 하는 소리에 고개를 들어 머리 위를 날아다니는 말벌을 발견하고 굉장히 놀랐던 기억이 아직까지 생생하다. 일하던 손길을 멈추고 주변을 살펴보니 말벌들은 이미 처마 밑에 둥그런 말벌 집을 지어 매달아 놓았다. 검정에 가까운 짙은 회색의 말벌 집 주변에는 여섯 마리 정도의 말벌들이 윙윙대면서 경계근무에 열중이었다. 고심을 하던 끝에 나는 결단을 하지 않을 수 없었다. 신체가 노출되지 않게 감싸고, 얼굴은 모자를 눌러쓴 뒤에 다시 커다란 비닐 봉투를 덮어 시야를 확보하고 말벌들에게 선전포고를 하였다.

　이런 작업은 난생처음 해 보는 것이라 긴장이 되지 않을 수 없었다. 차분하게 마음을 가다듬고, 휴대용 부탄가스통에 토치를 연결해서 불을 붙이고 한 발 한 발 조용하게 말벌 집에 최대한 가까이 접근했다. 적정 거리를 확보한 후 순간적으로 토치가스의 밸브를 최대한 열어 불의 화력을 크게 끌어 올린 후 바로 말벌 집을 향하여 정조준을 하였다. 벌에 불이 닿는 짧은 순간이 전체의 성패를 결정짓는 요인이 될 수 있기에 나의 모든 신경은 내뿜는 불꽃 방향에 집중될 수밖에 없었다. 긴장감 속에 말벌 소탕작전은 성공적으로 마무리되었다. 다시 생각해 보아도 조심스러운 작업임에는 틀림이 없다. 한 치의 실수도 결코 용납될 수 없는 작전이었다. 만약 전광석화와 같은 작전이 수행되는 동안 조그만 실수로 한 마리의 벌이라도 놓치게 된다면, 자신들의 동료와 집이 불로 공격받고 있는 것을 발견하고는 바로 나를 공격대상으로 삼을 것이 분명하기 때문이다.

작년 가을에도 위험천만한 소탕작전을 한 차례 더 벌인 바 있는데, 올해에도 뒤뜰의 처마 밑에는 말벌 집이 매달려 있었다. 집에서 생활하다 보면 집의 뒤편으로 왕래하는 가족들의 발길이 있기 때문에 가족 안전을 위해서는 올해도 어쩔 수 없이 말벌 집 소탕작전을 벌일 수밖에 없었다. 세 번째 하는 작업이면 어느 정도 익숙해지기도 하련만, 소탕작전은 매번 긴장이 된다. 토치에 불을 붙여서 말벌 집과 집 주변에 있는 말벌들에게 불을 쏟아 부을 때, 그 짧은 찰나에 불의 방향이 정확하게 조준되어 한 마리의 벌도 남김없이 일시에 날개를 태울 수 있어야 내가 벌들의 공격으로부터 자유로울 수 있기 때문이다. 설사 무섭더라도 과감하고 신속하게 작전을 수행해야 성공을 보장받을 수 있다. 올해에도 작업은 무사히 성공적으로 마무리되었다.

우여곡절 끝에 나는 말벌들과의 전쟁에서 세 차례 모두 승리를 거두긴 하였지만, 시골이나 도시에서 예기치 않게 나타난 말벌 떼를 발견하게 되면 나처럼 자구책을 강구하지 말고 119에 신고하시기를 권해 드린다. 체계적인 방법으로 안전하게 퇴치하는 것이 현명하다는 생각이 들기 때문이다. 비록 신고한 뒤 119대원들이 출동하기까지 기다려야 하는 지루함이 있지만, 그래도 피해 없이 안전하게 제거되는 것이 상책이다.

비닐봉투로 만든 임시 보호 장비에 의지하여 공인되지도 않은 나름대로의 소탕방법으로 작전을 한다고 한바탕 소동을 벌여서인지 피로가 밀려 와서 그늘진 바닥을 찾아서 털썩 주저앉았다. 그리고 아내가 전해 준 찬물을 한 그릇 받아 들고 천천히 들이켜면서 나는 허공을 향하여 외치고 있었다. '나는 그대들이 싫다고' 내가 이리 싫대도 찰거머리처럼 매년 달라붙는 그대들의 짝사랑! 과 스토킹! …, 난 이제 그대들이 정말로 무섭노라고… .

선탠오일 주세요

환경에 대한 사회적 인식이 높아짐에 따라 요즘은 건축을 할 때 목재를 많이 사용하는 것을 심심치 않게 볼 수 있다. 그동안 건축용으로 사용되는 목재는 주로 집의 내부에 많이 사용되었으나, 최근 들어서는 실내장식뿐만 아니라 외부의 치장을 위해서도 많이 사용한다. 도심에서도 야외에 걸터앉아서 커피를 마시는 공간인 데크를 만들 때도 주로 방부목이 사용되는 것을 자주 목격하게 된다.

방부목은 말 그대로 썩지 않는 나무이다. 화공약품처리를 하여 썩지 않고 오래갈 수 있도록 만든 나무이기에 일반 목재보다 햇볕이나 빗물에 노출되어도 수명이 오래간다. 이런 이유로 전원주택에서 데크를 만들 때 방부목이 많이 사용된다.

태성원에도 툇마루 대용으로 만들어 놓은 데크가 있다. 안방 옆에 맞닿아 있는데, 아침이 되면 햇살이 화사하게 들어오는 곳이다. 빗자루로 데크를 청소하다가 문득, '방부목으로 만들어 놓은 이 데크도 앞으로 먼지만 털어주면 오랫동안 사용이 가능하기나 한 건가?' 하는 궁금증이 생겼다. 기회가 되어 건축자재를 파는 상점에 들러 관리법에 대해 설명을 들어보니 방부목도 관리가 필요하단 사실을 알았다. 상점에 쌓여 있는 방부목들이 덩달아서 "나에게도 선탠오일 주세요"라고 말하는 것처럼 들렸다.

방부목도 관리가 필요하다. 오랫동안 사용하고자 하면 오일스텐을 발라 주고 관리해야 한다는 사실도 처음으로 배웠다. 전원생활을 하다 보면, 매일매일 배워도 부족한 것이 너무 많다는 것을 느끼며 살아간다. 오일스텐은 어느 종류를 바르느냐에 따라 색상을 변화시킬 수 있으나, 나는 색이 없는 투명인데 바른 후 약간 어두운 색을 나타내는 오일스텐을 한말 사왔다. 물론 칠할 붓도 2개나 사왔다. 해가 나는 날을 택하여 오일스텐을 바르기로 했다. 여기서 중요한 것은 날씨가 화창하고, 해가 나는 날을 택하여 작업을 해야 좋은 결과를 얻을 수 있다는 사실을 이런 일에 관심이 있는 독자들은 꼭 기억해 주었으면 한다. 데크를 빗자루로 잘 쓸어서 먼지를 털어내고 나니 준비가 끝이 난 것 같다. 피부에 닿지 않게 긴팔 옷과 모자, 장갑을 준비한 후 붓으로 칠해 나갔다. 특별한 기술이 있는 것이 아니고 꼼꼼하게 칠만 해 주면 된다. 바른 뒤 햇볕에 잘 건조시키고 나니 데크가 선탠을 한 것 같았다. 원래의 색상보다 약간 더 짙게 보여서 나무의 연륜이 배어 나는 것 같아 느낌이 좋았다. 첫 작업치고는 성공적이었다.

오일스텐은 3년마다 연속해서 칠해 주어야 한다. 그 후엔 격

년마다 한 번씩 칠해주면 된다. 작년까지 이미 두 번을 칠해 주었으니 다가오는 가을에 칠을 해주면 3년을 연속해서 칠을 해주는 셈이다. 내년에는 방부목에 선탠오일을 바르지 않아도 될 것 같다.

이가 없으면 잇몸으로

태성원에서 생활하다 보면 어쩔 수 없이 이런저런 곳을 보수할 일이 생기게 된다. 이해를 돕기 위해 이미 앞에서 말씀드린 대로, 태성원은 농가주택을 보수하여 사용하는 집이기에 지은 지가 오래되어 나의 손길을 기다리는 곳이 많다. 이곳저곳을 보수하고 집을 관리를 하면서 나름대로 얻은 생활철학이 있다. 하나는 '이가 없으면 잇몸으로'라는 속담이다. 일을 하다가 부족한 나의 실력에 한계를 느끼게 될 때 마다 나는 스스로를 위로하려고 '배우고 또 배우다 보면 누구나 전문가'라는 믿음으로 임하게 된다.

시골의 생활은 도시과 달리 '이가 없는 삶'이란 생각이 든다. 남에 의존하기보다는 매사를 내가 직접 해야 하는 경우가 거의 다반사다. '잇몸'의 역할이 중요한 것이다. 자주 발생하는 이런 저런 수리를 남에게만 의존할 수는 없다. 의존하다 보면 나중엔 내가 손가락 하나도 까딱 움직일 수 없고 입만 살아 있는 무능

력자가 될까 봐 두렵기도 하다. 이곳에선 의존할 분들이라고 해봐야 거동도 편치 않으신 고령의 동네 분들이다. 거기다 할아버지는 찾기조차 어렵고 할머니들이 대부분이다. 도시에서야 전화만 하면 긴급히 달려오는 설비업자도 시골에선 구하기 쉽지 않다. 이래저래 '잇몸'의 실력을 키우는 것이 언제든 필요할 때마다 요긴하게 쓸 수 있지 않을까?

이곳 생활을 하면서 많은 경험을 했다. 도시에 있는 동안 듣도 보도 못했던 이런저런 연장도구들과 그동안 해 보지 못했던 일들과도 이제 나는 친숙해졌다. 기억을 더듬어 그동안 해본 일들을 정리해 보니 생각보다 많은 일을 했구나 하는 생각이 든다.

① 퍼터 작업으로 틈새 메우는 일(일명 '빠데 작업')
② 시멘트를 개어서 뒤편을 미장하는 일
③ 에나멜 칠 작업
④ 오일스텐을 바르는 일
⑤ 뒤뜰 지붕 라이트작업('플라스틱 지붕')
⑥ 수도계량기 교체하는 일
⑦ 뒤뜰에 등을 다는 일
⑧ 외발 수레의 바퀴를 통째로 가는 일
⑨ 이곳저곳의 실리콘 작업
⑩ 수돗가에 배수관 묻는 일

열거된 이런 일들이 필요에 의해 직접 몸으로 터득한 경험들이다. 그동안 내가 소홀히 했던 인생공부를 했다고 생각한다. 하나하나가 도전이고, 기쁨을 느끼게 해 준 선물이었다. 만약 여러분들도 전원생활을 꿈꾸신다면, 언제든 할 수 있는 일들이고, 또

한   이런 과정을 통하여 나
름대로 보람도 얻게 되리라
고 나는 믿는다.

'잇몸' 역할을 조금 하다
보니 내가 더 이상 '잇몸'이
아닌 것 같은 느낌도 든다.
'잇몸'이 변하고, 굳어져 '이'
로 바뀌어 가는 듯한 착각을
한다. '배우고 또 배우다 보

면 누구나 전문가'란 말이 맞을 것 같다. 할 수 있다는 생각에
스스로 뿌듯하다.

오랜만에 대청마루에 좌정을 하고 앉았다. 붓을 잡으려고 작
년에 방부목을 구입하여 우리 아들과 함께 정성을 들여 직접 만
든 앉은뱅이 책상에 화선지를 올려놓고, 먹을 갈아 붓을 드니
내 마음이 너무 충만하다.

참고문헌

참고 자료

『강화』, 강화소식지 vol. 53호, 2011년 4월호, vol. 42호, 2007년 9월호
강화군수 홈페이지 http://mayor.ganghwa.incheon.kr/
강화군청 홈페이지 http://www.kanghwa.co.kr/
강화인터넷 방송 http://www.ghtv.kr/
강화터미널 버스노선표
강화역사문화연구소 http://www.kanghwado.org/
강화도 114닷컴 http://www.road114.com/
강화도닷컴 http://www.kanghwado.net/
강화도사랑 http://www.kanghwago.co.kr/
강화로닷컴 http://www.ganghwaro.com/
동아일보, 2011년 2월 22일자 기사내용
동아일보, 2010년 11월 29일자 기사내용
매일경제신문, 2011년 9월 2일자 기사내용
인천일보, '고려왕조의 꿈 강화 눈뜨다', 2010년 6월 9일,
        2010년 7월 7일, 7월 14일, 2010년 8월 25일, 2010년 9월 1일자
        기사내용
중앙일보, 2010년 6월 11일자 기사내용
『국어교과서 작품읽기』, 창비, 2010
설영상, 『사상체질 바르게 압시다』, 태웅출판사, 2002
『한국세시풍속사전』
임태순, 『핵심재테크』, 한국학술정보(주), 2010
CNEWS http://www.cnews.co.kr/uhtml/read.jsp?idxno=201108291140
        24532076
계절별 텃밭농사 재배일정 http://blog.daum.net/woals2125/6

이미지 자료

강화도 지도 http://blog.naver.com/lurefc?Redirect=Log&logNo=120
013310702
강화에서 가볼만 한 곳 http://www.kanghwa.co.kr
실사구시잠, '서예가열전', 경향신문, 2006년 12월 22일 기사
김포 한강로, 매일경제신문, 2011년 8월 22일자 기사
농사와 관련된 모든 사진, 임태순 , Canon IXUS 60, 촬영한 사진
태성원과 관련된 모든 사진, 임태순, Canon IXUS 60, 촬영한 사진
나리꽃과 호랑나비 사진, 임태순, 삼성 휴대폰(갤럭시 A), 촬영한 사진
창후리 포구 사진, 임태순, 삼성 휴대폰(갤럭시 A), 촬영한 사진

임태순

저자는 현재 서울사이버대학교에서 교수로 재직 중이다. 금융분야와 경영학이라는 경쟁중심적인 학문을 강의하면서도 마음속에 품어 온 자연에 대한 갈증이 강화군 양사면의 농가주택으로 이어졌다. 바쁘게 살아가는 도시생활의 속도를 늦춰 한 박자 쉬어가는 느림 속에서 만난 밤하늘과 쏟아져 내리는 별들을 바라보며 강화연가(戀歌)를 부른다.

미국, Long Island University, MBA
미국, University of Wisconsin-Madison, 박사과정 수료
인하대학교 경영학 박사
인천상공회의소 자문교수
경영지도사 시험출제위원
한국기업경영학회 상임이사
한국경영사학회 이사
서울사이버대학교 경영학과장 역임
서울사이버대학교 금융보험학과장 역임
서울사이버대학교 학생지원처장 역임
현) 서울사이버대학교 금융보험학과 교수
　　 미국, Jones International University, 겸임교수

『경영학의 이해』(2012)
『재무관리의 이해』(3판)(공저, 2012)
『국제금융』(2012)
『주식시장과 투자』(2011)
『경영분석』(2011)
『기업윤리』(2011)
『재무관리』(2011)
『글로벌경영』(2011)
『행복한 생활경영』(2010)
『금융시장』(2010)
『핵심재테크』(2010)
『경영학 원론』(2010)
『인하연에 핀 연꽃』(2008)
『리스크와 재무설계』(공저, 2008)
『재무관리의 이해』(개정판)(공저, 2007)
『현대경영학의 개관』(공저, 2006)
『재무관리의 이해』(공저, 2004)
『현대경영학의 이해』(공저, 2001)

행복이
머무는
강화이야기

초 판 인 쇄 | 2012년 3월 2일
2 판 발 행 | 2012년 7월 2일

지 은 이 | 임태순
펴 낸 이 | 채종준
펴 낸 곳 | 한국학술정보㈜
주   소 | 경기도 파주시 문발동 파주출판문화정보산업단지 513-5
전   화 | 031) 908-3181(대표)
팩   스 | 031) 908-3189
홈 페 이 지 | http://ebook.kstudy.com
E - m a i l | 출판사업부 publish@kstudy.com
등   록 | 제일산-115호(2000. 6. 19)

ISBN   978-89-268-3007-9 03810 (Paper Book)
         978-89-268-3008-6 08810 (e-Book)

이담
e-dam 는 한국학술정보(주)의 지식실용서 브랜드입니다.